잊으면 편해

잊으면 편해
히라이 쇼슈 지음 김수희 옮김
초판 1쇄 발행일 2021년 5월 15일
펴낸이 박봉서 **펴낸곳** (주)크레용하우스 **출판등록** 제5-80호
주소 서울 광진구 천호대로 709-9 **전화** (02)3436-1711 **팩스** (02)3436-1410
홈페이지 www.crayonhouse.co.kr **이메일** crayon@crayonhouse.co.kr

WASURERU CHIKARA: "SUKKIRI" "HAKKIRI" "YUTTARI"

* 빛은책들은 재미와 가치가 공존하는 ㈜크레용하우스의 도서 브랜드입니다.
* KC마크는 이 제품이 공통안전기준에 적합하였음을 의미합니다.

ISBN 978-89-5547-751-1 03830

잊으면 편해

히라이 쇼슈 지음 김수희 옮김

빛은책들

처음에

'마음의 파도'를 잔잔하게

최근 제가 있는 곳에 많은 분들이 찾아옵니다. 전 승려니까 당연히 절이죠. 사업가, 주부, 학생부터 정치계의 리더까지, 남녀를 불문하고 각계각층의 분들이 찾아오시고 그 숫자는 늘어 가고 있습니다. 방문하는 이유는 사람마다 각각이지만, 주로 '마음을 가라앉히고 싶어서', '마음을 정돈하고 싶어서', '릴렉스하고 싶어서', '일상과 떨어지고 싶어서'라고 말합니다.

살아가다 보면 매일 여러 가지 일이 모두에게 일어납니다. 생각하던 일들이 진행이 안 된다든가, 하지 않으면 안 되는 일이나 기억해야만 하는 일이 잔뜩 있습니다. 거기다가 매스컴뿐만 아니라 인터넷, SNS, 트위터 등에서 정보가 밀려 들어옵니다.

이 정도의 자극을 받으면 마음에 늘 '파도'가 칩니다. 그래서 여러분들이 마음을 '잔잔한 상태'로 돌리려고 절을 찾아오는 겁니다.

조용히 앉아 있어 봄으로써, 일상 속에서 쌓인 잡념을 버리고, 놔주고, 줄이고, 떼어내고, 지우고, 흘려보낼 수 있게 됩니다. 즉, 잊을 수 있습니다.

지금은 '잊는 힘'이 필요한 시대입니다.

보통은 '잊는다'고 하면 좋게 생각하지 않습니다. 그러나 불교에서의 가르침은 결국 여기로 향하는 듯합니다. 사람은 아무것도 가지지 않고 태어나 아무것도 가지지 않고 돌아간다고 하잖아요. 하나라도 잊어야 본래의 '벌거벗은 마음'에 가까워질 수 있습니다.

잊는 것을 잘하게 되면,

과거에 사로잡히지 않고,

남에게 휘둘리지 않으며,

미래 때문에 괴로워하지 않는,

후련하고 분명하고 느긋한 상태가 됩니다.

절을 찾아오지 않더라도 사물을 보는 방식이나 생각하는 방식을 조금 바꾸거나, 일상에서 조금만 생각해도 더 잘 잊을 수 있게 되니까요.

여러분의 인생을 점점 충실하게 만들 그 힌트를 이제부터 전해드리고자 합니다.

차례

1장

'과거'를 잊기

새로운 기억으로 덮어쓰기

몇 년도 더 된 괴로운 기억, 고통스러운 뒷맛을 남긴 연애, 친구에게 한 바보 같은 한마디 말, 반대로 남에게 들은 가슴에 비수로 꽂힌 말…….

우리는 생각 이상으로 소화할 수 없을 만큼 많은 것들을 끌어안은 채 살아가고 있다.

그런 부정적인 생각을 깨끗이 싹 버리면 편하게 살아갈 수 있으련만, 버리지도 못하고 잊지도 못하는 것이 우리다. 옛일에 구애받지 않으면 슬플 일도 괴로울 일도 없을 텐데 어떻게 해도 자꾸 신경이 쓰이고 만다.

주위에서 "잊어, 잊어버려"라고 말해도, 혹은 스스로 '잊고 싶다'고 염원하는데도 간단히 해결되지 않는다.

리셋!

흔히 '리셋'한다고들 한다.

바다로 산으로 나가기도 하고, 해외로 가서 색다른 환경 속에 있어 보기도 한다. 그렇게 일상에서 떨어지면 리셋이 된다고 생각하는 듯하다.

그러나 마음의 문제나 과거의 기억은 그리 간단하게 사라지지 않는다. 있었던 일은 있었던 일이니까. 그래서 그것을 없었던 일로 치기 힘들다. 당연히 게임처럼 리셋하는 일은 좀처럼 일어나지 않는다.

'방하착(放下著)이라는 말이 있다. 버리고 버리라는 말이다. 그것이 깨달음으로 가는 길이라고 한다. 무언가에 사로잡히는 마음을 버리고, 더 나아가 버리려고 하는 마음조차 버리며 가야 한다. 소중한 지금에 집중하려고 버리는 것이다.

하지만 이 '버린다'는 행위가 의외로 어렵다. 그만 자신도 모르는 사이, '나는 원래 이런 성격이니까 간단히 변하지 않아', '그런 괴로운 경험을 어떻게 잊을 수가 있어?', '그냥 지금처럼 살아가는 수밖에 없겠지'라고 생각해 버리기 일쑤다.

그런 식으로 자기 자신의 변명을 스스로 만들어 내고 있다. 말하자면 마음에 스스로 족쇄를 채우는 꼴이다.

그럼, 어떻게 해야 그 족쇄를 풀 수 있는 걸까.

덮자

아무리 해도 예전 생각이 떠오른다면 그 기억을 덮어쓰기 할 수 있는 무언가 새로운 일을 시작해 보자. 그러면 저절로 지금 내가 하고 있는 그 무엇에 집중하게 된다.

사랑하던 사람과 헤어진 아픔을 아직 가지고 가고 있다면, 새로운 파트너를 찾아보자. 지금 다니고 있는 직장이 싫어서 매일 '이젠 그만두고 싶다, 진짜 그만두고 싶다'고 생각한다면 과감히 새로운 일을 찾아보는 게 좋다.

때론 무언가로 덮어야 할 때가 있다.

즉, 새롭게 집중할 수 있는 '다음 일'을 찾는 것이다.

있었던 일을 '잊자, 잊자' 하며 잊으려 애쓰기보다 지금까지 일어난 일을 잊어버릴 정도로 나를 열중시키는 무언가를 찾아보는 것이다.

불교적으로 말하자면, 암흑 속에서 빛을 밝히면 암흑이 사라지고, 빛을 없애면 암흑이 찾아온다.

밝아졌다고 하는 것은 어디까지나 등불의 빛이며 밖은 깜깜한 어둠 그대로다. 즉, 밝고 어두운 것은 그 사람의 마음이라는 등불에 달려 있다. 어려운가?

암흑에 불을 밝히는 것과 마찬가지로 어두운 과거나 싫은 기억을 없애고 싶다면 새롭게 등을 밝혀야 한다.

어둠을 없애려는 노력이 새로운 미래를 열어 주는 게 아니다. 원래 어둠을 없애는 것은 불가능하다. 즉, 일어난 일 그 자체를 없앨 수는 없다.

새로운 무언가를 시작하고 그것을 빛으로 삼아 어두운 과거와 기억을 없애 가는 것이다.

만약 괴로움이 계속된다면 차라리 새로운 경험이나 좋은

습관으로 덮어쓰자.

현재의 상황에서 뭔가 시작해 매일 자꾸자꾸 '덮어쓰기'를 해 가면 된다. 그것이 결과적으로 능숙하게 잊는 기술이 된다.

물건과 함께 생각도 버리기

기분과 정리 정돈은 관계가 있다.

보통 집에 돌아가면 입고 있던 옷을 허물 벗듯이 벗는다. 그러고 며칠이 지나면 방바닥에 옷이 잔뜩 쌓인다. 혹은 옷을 사 와서 옷장에 넣으려다 보면 비슷한 옷들이 가득 차 있다.

가지고 있는 것, 불필요한 것을 정리할 수 없는 사람은 지금 자신에게 진정 무엇이 얼마나 필요한지를 잘 파악하고 있지 못한 것이다. 그러고는 '내일 무엇을 입고 가지?', '입고 갈 게 없네' 같은 고민을 하곤 한다.

회사에서도 마찬가지로 서류나 쓰레기가 쌓여 있어서 어디에 뭐가 있는지도 모르는 상태에서는 일이 제대로 되지 않는다. 뭐가 중요한지, 뭐가 중요하지 않은지, 마감과 납품일, 품질 등 온갖 정보가 산만하게 쌓여 있어서 그렇다.

일이 밀리면 책상 주변이나 일터를 정리 정돈하는 것이 좋다. 스티브 잡스도 애플에 돌아왔을 때 업무 시작 시간을 지키게 하고 사무실을 정리 정돈하게 함으로써 개혁을 시작했다고 한다.

이렇게 말하지만 나도 정리를 잘하지 못한다. 그래서 되도록 물건을 소유하지 않으려 한다. '언젠가 입을지도', '언제가 쓸지도'의 '언젠가'는 결코 오지 않기에, 2년간 입지 않은 옷은 불필요한 것으로 판단해 처분해 버린다. 단 하나, 늘어나서 곤란한 것은 책뿐이다.

청소나 정리가 힘들다면 '물건을 갖지 않는' 라이프스타일로 바꾸는 것도 하나의 방법이 아닐까?

새 시작

'지금 나에게 중요한 것'만 정리해 가는 도중에도 어떻게 해도 정리가 안 되는 것, 버릴 수 없는 것이 나온다.

그것은 '물건'을 그냥 물건으로 보지 않기 때문이다. 예를 들어 할머니께서 주신 봉제 인형, 부모님이 처음 사 주신 책, 친구로부터 받은 생일 선물, 연인에게서 받은 편지, 첫 월급으로 산 시계…….

물건에는 반드시 '생각'이 붙어 버린다.

내가 산 것이라면 갖고 싶어 했던 생각이, 남에게서 받은 거라면 그 사람의 애정이나 친절함 등 생각이 담겨 있다. 물건에도 분명 기분이 담겨 있는 것이다.

그런 기분에 마음이 좌우되지 않으면서 그 물건의 값만 엄격히 볼 수 있다면 아무 문제가 없다.

예를 들어 전 애인으로부터 받은 액세서리를 그대로 몸에 하고 다니려면 당시의 애정은 떼 내어 버리고 액세서리의 가치만 볼 수 있어야 한다. 그러나 액세서리를 볼 때마다 애인이 떠올라 괴롭거나 헤어질 때의 기분이 다시 생각나 슬퍼진다면, 그것은 물건에 들어 있는 생각에 휘둘리고 있는 것이다. 하물며 소중한 사람의 유품이라면 더 그렇다.

이런 이야기를 들었다. 어떤 교통사고 가해자가 피해자의 유족에게 계속 돈을 보내 주었다고 한다. 몇 년을 보내니까 피해자의 부인으로부터 편지가 왔다.

"선생님의 기분은 잘 알았습니다. 그러나 부디 송금을 그만둬 주십시오. 보내 주신 돈을 보면 남편이 생각납니다."

세상을 떠난 분의 표시가 어떤 형태로든 남아 있으면 거기에 슬픔이 계속 머문다. 죽음을 받아들이는 것이 어렵게 느껴지고, 생각나지 않는 게 죄인 듯 여겨질 수 있다.

원래 선종에서는 사람의 죽음은 특별히 내세워 슬퍼할 일이 아니라고 생각한다.

물론 사랑하는 사람을 잃으면 금방 딱 잘라 잊을 수는 없다. 고인이 쓰던 물건, 고인이 좋아하던 것을 보면 그때마다 떠오르고 만다.

어떻게 해도 자꾸 생각난다면 생각이 쌓여 있는 물건, 자꾸 떠오르게 하는 물건을 처분하는 것도 방법이다. 눈에 '보이지 않는 것'을 잊으려고 '눈에 보이는 것'을 멀리함으로써 자신의 마음에 매듭을 짓는 것이다.

완전히 잊어버리라는 말이 아니다. '이제 없다는 현실'을 받아들이는 것이다. 추억이 어린 물건을 버리지는 않는다 하더라도 보이지 않는 곳에 넣어두고 슬픔에 선을 그어야 할 때가 있는 법이다.

어떤 재해가 일어났을 때 그 상징물을 만들자는 논의가 일어나는 것도 같은 의미다. 재해를 잊어야 할지 기억해야 할지 결정하지 못한다. 그 상징물을 보고 아픈 기억을 떠올리는 사람도 있을 것이기 때문이다. 하지만 앞으로 나아가려면 괴로운 일, 고통스러운 일은 잊는 게 좋다.

나쁜 기억을 조금씩 잊어 갈 수 있다면, 재해의 상징을 '우리는 이 재해를 잊지 않고 살아가자'라고 마음을 다잡는 원동력으로 삼을 수 있다.

잊는 일이 '미래를 살아가는 힘'이 된다.

물건에 추억을 담지 말자.

기억 다루기

나는 직업 특성상 사별하는 자리에 입회하는 경우가 많다. 그래서 고인을 잊지 못해 괴로워하는 분들을 많이 봐 왔다. 특히 자식을 잃었을 때의 슬픔은 말로 표현할 수 없다.

일본에서는 장례식 후 49제의 법회를 마치고 보통 화장한 뼈를 묘에 묻는데, 그 가운데는 "묘에 넣어 버리는 거는 불쌍해요. 언제나 곁에 두고 싶어요"라고 하는 분도 있다.

이러면 나는 되도록 묘에 묻도록 권유한다. 화장한 뼈를 볼 때마다 상실의 고통을 떠올릴 가능성이 크기 때문이다.

형체가 있는 것은 일단 거두어서 두어야 할 곳에 잘 넣어 두고, 고인이 세상을 떠난 현실을 분명히 받아들이면 슬픔은 차차 치유돼 간다.

돌아가신 분의 방을 치우는 일이나 입었던 옷, 쓰던 식기 등을 정리하는 일도 마음의 정리와 연결된다. 한번 매듭을 짓고 나면 조금씩 슬픔이 치유되고 이윽고 즐거운 추억만 남아 지금을 살아갈 힘이 되어 준다.

추억의 물건이나 괴로운 경험을 한 장소를 형상으로 남길지 어쩔지는 그것을 보는 사람이 어떻게 느끼는지와 어떻게 활용하는지에 달렸다. 물건의 가치보다 그것을 보고 무엇을 떠올리는지에 그 물건의 의미가 있는 것이다.

어차피 궁극적으로 내 것은 아무것도 없다. 이 볼펜은 '내 물건'이라고 하고 저 외투는 '그의 것'이라고 하지만, 어느 것도 태어나면서 '내 것'은 없다. 그리고 죽을 때까지 갖고 있을 것도 아니다. 어쩌다 잠시 내 손에 있는 것뿐이다. 그런데도 일단 내 손에 들어왔으니 집착하고 마는 것이다.

원래부터 '내 물건' 같은 것은 없으니까, 내려놓아도 되고 잊어도 된다.

물론 소중한 추억을 버리거나 잊거나 할 필요는 없지만, 정리함으로써 슬픔에 사로잡히지 않고 마음이 '지금'을 향하게 할 수 있다.

반드시 잊어야 할 성공 경험

앞에서 싫은 사건이나 괴로운 기억은 내려놓고 잊는 게 좋다고 이야기했다. 한편 좋은 기억 가운데도 잊는 편이 나은 것이 있다. 그것은 '성공 경험'이다.

과거의 영광은 마음속에서 항상 빛나고 있다. '그때는 좋았지', '꽤 잘나갔지'라고 회식 자리에서 몇 번이나 똑같은 이야기를 하는 사람도 있다.

좋은 기억은 떠올리면 기쁘고 우월감을 가져다주기 때문에 사람들은 거기에 줄곧 집착하게 된다.

'전에 이렇게 해서 잘되었으니까 또 같은 방법으로 진행하

‘나 때’는 버리란 ‘말’이야.

자.'

'그때는 고객 관리 같은 거 안 해도 다들 좋아했으니까 이대로 해도 될 거야.'

'좀 무리하면 전처럼 매상이 오를지도 몰라.'

도움 안 됨

사람은 한번 성과를 내면 그 방법을 잘 잊지 못한다. 다음에도 틀림없이 잘될 거라며 성공했던 방법을 그대로 계속 쓰려고 한다. 그편이 편하기도 하고 간단하기 때문이다.

그러나 이전과 똑같은 방식을 고집하는 것을 '집착'이라고도 한다. 그 집착이 '어, 이번에는 왜 안 되는 거지?'라는 쓸데없는 고민을 낳는다. 이전에 성공했다 하더라도 사람이나 상황이 그때와 완전 똑같은 조건으로 갖추어질 턱이 없으니까, 똑같은 성공은 절대로 일어나지 않는다.

'초심을 잊지 마라'라는 말이 있다. 초심으로 돌아가라는 말이다. 초심이란 것은 어떤 사물이나 일을 처음 대할 때의 긴장감이나 생기발랄한 기분이다.

어떤 일이 닥쳐도 '처음 가졌던 마음가짐'으로 대하는 것이 중요하다.

익히고 깨기

성공하는 데는 기본과 기초, 즉 '기본 틀'을 몸에 익히는 것이 매우 중요하다고 한다. 만담의 대가인 다테카와 단시는 이렇게 말했다.

"기본 틀이 되어 있지 않은 자가 연기를 하면, 기본이 없는 것이다. 기본 틀이 확실한 자가 독창성을 꺼내면 그건 기본 틀 깨기다. 그리고 기본 틀을 갖추는 방법은 연습밖에 없다."

즉, 처음부터 기본 틀을 깨는 것이 아니라 고전을 확실하게 몸에 익히고 나서야 재담을 자유자재로 구사할 수 있게 된다는 뜻이다.

기본 틀을 철저하게 외우고 몸에 익힌 뒤에 나름대로 내용을 음미하고 어떻게 표현해 가는가. 그것이 독창성을 꺼내는 응용력이다.

예능에서도, 스포츠에서도, 어떤 것에서도 역시 기본이 중요하다.

야구방망이를 잡아 본 적이 없는 사람이 갑자기 홈런을 칠 수 없다. 처음에 기초를 확실히 몸에 익히지 않으면 배트를 휘두르는 법조차 알 수 없다.

매일 연습해서 이 기초가 철저하게 몸에 배 '기본 틀'이 되게 해야 하는 것이다. 먼저 기본 틀이 있어야 그것을 깨고 자유자재로 움직일 수 있다.

기본 틀은 몸에 붙은 기초 기술을 써서 눈앞에 닥친 일에 대응하는 것이며 어떤 일이 생겨도 응용할 수 있는 것이다.

영업이라면 인사와 예의, 대화 기술 등이 기본 틀이다. 그 위에 있어야 상대를 참신하게 대할 수 있다. 그리고 상황이나 상대에 맞춰 기본 틀을 자유로이 변화시킬 수 있는가가 성과로 연결된다.

잊어야 하는 것은 성공 경험이며, 몸에 익혀야만 하는 것은 기본 틀이다.

집착의 위치 찾기

인간은 집착을 안 하며 살아갈 수 없다.

'아니, 난 먹는 것에도 별로 욕심 없고, 옷도 열 벌 정도 있으면 충분하니까'라는 식으로 최근 유행하고 있는 미니멀리즘 같은 생활 방식을 선택한 사람이라도, 잘 생각해 보면 '아무것도 가지지 않는 것'에 집착하고 있다.

원래 산다는 것 자체가 '삶'에 집착하는 것이라고 할 수 있다. 먹고사는 것을 멈춰 버리면 인간은 살아 있을 수 없다. 이러한 집착은 인간의 본능적인 욕구다. 엄밀히 말하면 잊을 수 없는 것이다.

집착과 살기

잊을 수 없는 것임에도 '집착을 버리라'라고 말하는 이유는 사람이 원래 집착을 지나치게 많이 하는 동물이기 때문이다. 쓸데없는 집착을 너무 많이 안고 있다.

떠나가는 친구가 있으면 쿨하게 보내 주지 못하고 '친구니까 쭉 같이 있어야 돼'라며 쫓아가고 싶어 한다. 소중한 사람에게서 받은 액세서리를 잃어버리면 애정을 잃어버린 듯이 찾는 데 집착한다. 실수라도 한번 하면 '어떻게 해서든 만회하지 않으면 안 돼'라며 신뢰를 회복하는 데 집착한다.

이러한 것들이 모두 쓸데없는 집착이다.

또 과거의 기억을 곱씹으며 '그때 나한테 이런 말을 했었지' 하고 화를 내고, 상대는 잊고 있던 일을 '도저히 납득할 수 없어'라며 다시 문제 삼기도 한다. 특히 과거의 분노는 결말이 지어지지 않은 일이라 아무래도 잊히지 않고, 세월이 지나면 점점 부풀어 올라 끈질긴 집착이 되고 만다. 아, 정말 두려운 일이다.

아무리 잊고 가려 해도, 뭔가에 대한 집착이 문득 마음속

버릴 수 없다면 한 군데에 몰아 두자.

에서 솟아나고 만다.

그럴 땐 조금 떨어져서 나에게 뭔가에 집착하는 경향이 있고 아직 떨쳐내지 못한 집착이 많이 있구나 하고 생각하는 게 좋다.

'아, 지금 내가 집착하고 있구나.'

'신경 쓰여 어찌할 바를 모르는구나.'

그 순간 뭔가에 들러붙어 있던 마음이 툭 떨어져 차분하게 생각할 수 있게 된다.

걱정 집착

꼭 뭔가를 해야만 한다고 생각하거나 계속 과거를 떠올리는 것만이 집착은 아니다.

마음에 떠오르는 쓸데없는 걱정도 또 다른 집착이다.

'이 일은 잘되겠지?'

'지금, 성적이 나쁜 건, 걔가 방해하고 있기 때문일 거야.'

'그러고 보니, 이번 달 매상이 얼마였지? 또 모자라네, 어

쩌지?'

'날씨가 좋으니까 빨리 돌아가고 싶은데…….'

궁지에 몰리고 다급할수록 그 순간에 어쩔 수 없는 일들만 자꾸 생각난다. 일어나지도 않은 일을 불안해하다가 걱정을 누르지 못해 현실에서 도피해 버린다.

그런 쓸데없는 것들만 생각해서는 하루 대부분을 꿈속에서 보내듯이 제대로 보낼 수 없게 된다. 업무를 보거나 집안일을 하거나 친구나 가족과 이야기를 나누면서도 지금 상황과는 전혀 관계없는 것만 걱정한다.

이래서는 눈앞의 일에 집중할 수 없다. 지금 해야 하는 일과 관계없는 걱정을 하면 할수록 시간은 그저 무상하게 지나가 버린다.

제한된 시간을 살면서 '쓸데없는 일에 집착하는 마음'을 어떻게 버릴 것인가? 여기에는 갖가지 집착이나 걱정을 잘라 버리고 자신의 마음을 바라보는 시간을 가지는 것이 중요하다.

지금 필요 없는 것을 생각하고 있다고 느껴지면 마음에

가상의 선을 긋고 그곳으로 다 옮기자. 그렇게 구획을 정하고 나면 말끔한 기분으로 눈앞의 일에 전력을 다할 수 있게 된다.

2장
'고민'을
잊기

생각대로 되지 않아도 좋다

'저 옷 가지고 싶다.'

'점심시간에 여기 요리가 먹고 싶다.'

'휴일에는 가까운 온천에 가고 싶다.'

'해외여행을 가고 싶다.'

우리는 항상 '무언가를 하고 싶다'라는 욕구에 사로잡혀 있다.

졸리다, 배고프다, 책 읽고 싶다. 음악 듣고 싶다, 출세하고 싶다, 돈 벌고 싶다, 결혼하고 싶다…….

세어 보면 끝도 없다.

이렇게 미래를 향하면서 뭔가 끝없이 바라는 것이 인생이다. 사람이 살아가는 한, 욕심을 제로로 만드는 것은 불가능하다. 그렇기에 여러 가지 생각이 꼬리를 물고 차례차례 끓어오르고 거기에 신경이 쓰여 계속 떠올리다가 쓸데없는 불안과 고민을 만들어 버리고 마는 것이다.

불안의 정체

수행승인 혜가가 달마대사를 찾아와 이렇게 말했다.

"저는 수행을 계속하면서 불안해 어쩔 줄 모르겠습니다. 어떻게든 안심을 시켜 주십시오."

달마대사가 대답했다.

"그럼, 그 불안이라고 하는 마음을 가지고 오거라."

거기에서 혜가가 바로 대답했는지 한참 후에 대답했는지는 잘 모르겠다. 단, 달마대사의 물음에 이렇게 대답했다.

"불안이란 마음을 구하려 했지만, 어떻게 해도 찾아올 수 없었습니다."

그러자 달마대사가 혜가에게 말했다.

"불안이란 마음을 어디에서도 찾을 수 없는 것을 진정 알았다면 그게 안심 아니겠느냐."

안심을 구하고자 했던 혜가처럼 우리는 늘 뭔가를 구하고 있다. '더, 더' 하고 마음의 어디에선가 계속 요구하고 있는 것이다.

그러나 그 대부분은 이루어지지 않는다. 이것이 '구하려 해도 구할 수 없는 괴로움'이다. 이 구하려 해도 구할 수 없는 괴로움은 불교에서 말하는 여덟 가지 괴로움 중 하나다.

불가능한 미션

확실히 우리 인생은 생각대로 되지 않는 것투성이다.

다른 관점에서 보면 그 정도로 인간은 항상 뭔가를 구하고 있고 많은 괴로움을 안고 있다고 할 수 있다.

그렇다면 구하기를 그만두는 것은 과연 가능할까? 뭔가를 욕심내지 않고, 구하려 하지 않음으로써 괴롭지 않게 살 수

채워도 어차피 비워야 한다.

있을까?

답은 '불가능하다'이다. 유감스럽지만 이런 괴로움은 없앨 수 없다.

인생에서의 큰 목표, 예를 들어 학생이라면 입학시험, 사회인이라면 큰 사업 프로젝트, 결혼 희망자라면 결혼 등을 달성했다 해 보자. 그 후는 어떻게 되는 걸까?

바라던 것이 이루어져서 '이젠 만족!' 하고 더 이상 원하지 않을 수 있다면, 원하는 것을 얻지 못하는 괴로움으로부터 해방될 수 있을 것이다.

'입시가 끝나면 원 없이 놀 수 있다.'

'무사히 프로젝트가 끝나면 승진할 수 있다.'

'결혼하면 행복해질 수 있다.'

그렇게 생각하고 있으니까 노력을 이어간다. 이것만 생기면, 이것만 끝내면, 하고.

목표에 도달한 순간은 만족감이 최고에 달하지만, 사람은 곧 다음의 것을 원하게 돼 있다.

산다는 것은 뭔가를 원하는 것이다. 원하고 있으므로 뭔가가 시작되고, 원하고 있으니까 노력을 하고 앞으로 나아간다. 좋은 성적을 받고 싶다, 좋은 결과를 남기고 싶다고 갈망하기에 공부와 일에 열중하고 지식과 경험을 익히며 내 것으로 만들려고 도전하는 것이다.

결국 '사람은 끊임없이 뭔가를 원하는 존재'니까 체념하는 수밖에 없다.

머리로 생각해도 해결이 안 되는 것, 구해도 얻을 수 없는 것은 분명히 있다. 그러므로 틀림없이 괴로움도 계속된다.

그래서 그 괴로움과 어떻게 능숙하게 사귈 것인가가 중요해진다.

과정을 인정하기

어떤 의미에서 보면 인간은 '어떻게 죽을 것인가'를 최종 목표로 정하고 살아가는 존재다.

"아니요. 난 인생을 즐기려고 살아가고 있는걸요", "자식을 위해 살고 있어요"라고 말할지도 모르겠다.

분명 지금 이 순간은 그럴지도 모른다. 하지만 바라던 것이 이루어지면 또 금방 새로운 '뭔가를 위해'라는 이유를 만들어 낼 것이고, 인생의 최종 도착점은 틀림없이 죽음이다. 우리는 죽음을 달성해야 할 최고의 목표로 삼고 살고 있다. 그러니까 그때까지 무엇을 어떻게 구하며 살아가는가가 더욱 중요하다.

예를 들어 입시나 스포츠 시합은 그날까지 노력하면 되는 하나의 단락과 같은 것이다. 그날까지 얼마만큼 자기가 노력을 했는가가 결과로 나타난다.

그런 의미에서는 합격이어도 불합격이어도, 이겨도 져도 상관없는 건지도 모른다. 최종 시점을 죽음이라고 한다면 시험의 당락이나 경기의 승패는 단지 통과점에 지나지 않기 때문이다.

하지만 우리는 '괜찮을까', '어떻게 될까' 하며 앞날의 일을 이것저것 신경 쓰고 눈앞의 불안과 고민을 안고 만다.

시험의 당락, 일에서의 성공이나 실패 등은 어디까지나 과정이다. 잘되었다고 해도 '해냈다!'라는 달성감을 느끼는 것은 한순간이고, 곧 그다음 일이 마음에 걸리기 시작한다.

무언가를 바라고 구하는 것은 인간의 근원적 행위이고, 이것이 구하려 해도 구할 수 없는 괴로움을 낳는 것이면서, 동시에 목표를 달성하기까지 노력을 계속하게 만드는 커다란 원동력이기도 하다.

중요한 것은 목표를 달성했느냐 자체보다 그 과정에서 하나씩 생겨나는 일들에 어떻게 대처할 것인가, 바라던 것이 이루어지고 나서 어떻게 자기 안에서 소화하고 다음 단계로 갈 것인가다.

시합에서 이기고 나서 자만하면 다음에는 지게 되고, 성공해서 노력을 게을리하면 다른 사람에게 금방 뒤지고 만다. '이겼다', '해냈다', '끝났다'에 머물면, 거기서 끝이다.

'잘될까' 같은 쓸데없는 걱정은 잊어버리자.

설령 지거나 실패하더라도 그것을 인정하고 노력하면 더 멋진 인생이 열린다.

지금, 여기에 집중

'무언가를 얻으려면 무언가를 희생하지 않으면 안 된다'는 말을 자주 듣는다.

사실 아무것도 희생하지 않고 전부 얻어도 된다. 단지 우리에게 그럴 만한 시간이 없을 뿐이다.

우리는 일하지 않으면 안 된다. 그 와중에 친구와 만나고 싶고 취미를 즐기고도 싶다. 자녀와도 놀고 싶다. 이것도 저것도 하고 싶은 것이 아주 많다. 그런데 몸은 하나밖에 없고 장소도 시간도 한정돼 있다. 결국 우리는 '지금', '여기'에 있을 수밖에 없다.

몸은 여기, 마음은 어디

'지금 여기에서 살 수밖에 없다'고 하면 다들 '당연하지' 하는 얼굴이 된다.

그러면 다시 질문을 해 본다.

"몸은 여기에 있는데 마음은 어디에 있죠?"

몸은 어딘가 멋대로 가 버릴 수 없으니까, 여기 앉아 있는 것뿐이다.

그러나 마음은 한순간에 벽을 통과해 회사에 갈 수도 있고 집에 돌아갈 수 있고 어디론가 놀러 갈 수도 있다.

정말 마음은 '여기'에 있다고 말할 수 있을까? 마음은 자유롭게 어디든 가 버리기 쉬운 것이다.

다음은 시간문제다.

'내년 이맘때쯤은 하와이에 있을지도 몰라.'

'오십 년 후에는 가족이 늘어서 더욱 즐겁게 보내고 있겠지?'

'10년 뒤는 우주여행도 갈 수 있을 거야.'

찾아오지 않은 미래를 상상함으로써 마음은 장소뿐 아니

라, 미래의 시간 속을 오간다.

또 마음은 과거로도 자유롭게 간다. 어제의 일이나 일 년 전의 일을 되돌아보면 그때로 돌아간 듯한 기분이 된다. 동창회에서 같은 반 친구를 만나면 한순간에 마음은 학창 시절로 돌아가 버린다.

한번은 막 만들어진 동네 야구팀에서 "히라이 씨도 오시면 어때요?"라고 제안한 적이 있다. 야구는 초등학교 때 해 본 적이 있어서 '자, 한번 가 볼까' 하며 가벼운 마음으로 나가봤다.

그런데 막상 경기를 해 보니까, 발은 엉키고 팔은 돌아가지 않고 금방 숨이 찼다.

'아, 큰일이다. 몸이 이상하네.'

소년 시절의 몸만 기억에 있어서 '이럴 리가 없는데'라고 생각했다. 그러나 생각해 보면, '이상하다'고 생각한 것 자체가 이상한 것이었다. 이게 현실이니까.

그런데도 '지금 이 몸이 현실이다'라는 것을 금방 잊어버리고 만다. 그리고 '왜 잘 안되는 거지?'라고 생각한다.

이런 이야기도 자주 듣는다.

"한번 생활 수준을 올리고 나니 다시 돌아갈 수 없네요."

이것은 '좋은 시절 그대로 살고 싶다'라는 생각에 사로잡혀 있는 것이다. 좋은 시절도 곧 과거가 되어 버린다. 그런데도 '그 시절'만 본다. 이래서는 지금을 산다고 할 수 없다.

눈앞에 있는 것

인생에는 여러 가지 '마무리되는 단계'가 있다.

예를 들어, 학생에게는 졸업이 있고 스포츠선수라면 은퇴가 있다. 회사에는 정년이 있다. 아직 시간이 있다고 생각하지만, 반드시 그 끝이 찾아온다.

그 한정된 시간 안에서 무엇을 해야 할까?

'저것도 하고 싶고 이것도 하고 싶다'고 마음 가는 대로 손을 내밀다가는 아무리 시간이 많다고 해도 모자라게 된다. 그럴 때 '지금', '여기'라는 표현을 새기고 있으면 지금 해야 할 일만이 눈앞에 있다는 것을 깨달을 수 있다.

세상 모든 쓰레기를 주울 수는 없어도
눈앞의 것은 주울 수 있다.

이 순간에 집중하지 못하면 눈앞에 일이 있어도 '이게 진짜 지금 내가 하지 않으면 안 되는 건가'라고 생각해 행동으로 옮기지 못하고 망설이게 된다. 예를 들어 간단한 일이라도 '원래는 내가 안 해도 되는 건데', 길에서 무언가 흘리는 사람을 보면 '내가 주워 주어야 하나', 또 일을 부탁받으면 '딴 사람들도 많은데' 하는 생각이 든다.

혹시 그렇게 망설이는 마음이 들면 '지금'을 바라보자. 하지 않으면 안 되는 일과 지금 꼭 해야 하는 일은 늘 '눈앞'에 있다.

예를 들어 학생이면 공부하는 것이고 사회인이라면 맡겨진 일을 완수하는 것, 부모라면 자녀를 돌보는 것이다.

그러나 사람은 현실에서 도피하고 싶어 한다. 그래서 '이것보다 훨씬 중요한 일이 있을 건데', '이런 일에 시간을 빼앗겨도 되는 건가'라고 생각한다. 지금 이 순간을 살고 있지 않은 상태인 것이다.

가장 중요한 것은 '지금'을 받아들이고 눈앞에 '집중'하는 것이다.

그러면 '무언가를 얻으려면 무언가를 버리지 않으면 안 되는 것이지' 하는 자조적인 생각을 하지 않아도 된다. 무언가를 일부러 버리는 것이 아니라, 눈앞의 일에 집중함으로써 결과적으로 버릴 수 있게 된다. 물론, 이상적인 이야기이지만.

가상 세계

그렇지 않아도 현실을 사는 자신을 느끼기 쉽지 않은데 요즘은 가상 세계가 한층 지금을 알기 어렵게 하고 있다.

외부에서 몬스터를 잡는 증강 현실 게임인 포켓몬고가 유행했다. 덕분에 운동을 안 하던 사람이 열심히 걷게 되고 방안에서만 살던 히키코모리가 밖으로 나오게 되는 플러스 측면도 있었다고 한다.

다만 그런 식의 가상 세계는 현실도피의 일종일 수 있다. 분명 현실에서는 일어날 리 없는 일이나 현실 세계에는 없는 것들을 좇아 찾아다니는 것이라면 더 그럴 수 있다. 이러한 것들을 놀이라고 생각하지 않고 이것이 지금이라고 인식해 버리면 어떤 것이 현실인지 알 수 없게 되고 만다. 이러면 현실 세계를 산다고 할 수 있을까?

물론 가상 세계에서의 놀이일 뿐이라는 것을 잘 알고 있으면 괜찮다.

그러나 역시 가상 세계에 빠지지 말고 현실의 지금을 열심히 살고 싶다는 마음을 느껴야 한다. 그것이야말로 고통과 괴로움을 놓아 주고 더욱 자유롭게 살아가려 할 때 필요한 핵심 요소다.

한순간 한순간을 본다

일상을 살다 보면 현실을 제대로 파악하지 못하게 만드는 일이 자주 일어난다. 예를 들어 지금 꼭 해야 하는 일이 무엇인지 바로 말할 수 있는 사람은 별로 없다. 좋아하는 일을 먼저 끝내고 그다음에 빨리 끝낼 수 있는 일을 하고, 누가 말을 걸면 거기에 빠지고, 전화가 오면 또 통화하느라 시간을 보낸다. 이러는 사이에 하지 않으면 안 되는 정말 중요한 일에 소홀해져 버리는 것이다.

혹은 하지 않으면 안 되는 걸 잘 알고 있으면서도 부담스러워 외면한다.

'포기한다'는 '분명히 한다'는 뜻

그러나 아무리 도망쳐 봤자 아무것도 바뀌지 않는다. 인간은 '지금'만 살고 있기에, 현실을 안 본다고 괴로움이 없어지지 않는다. 언젠가는 마주 봐야만 한다.

결국 '해야만 하는 일'과 '안 해도 되는 일' 등으로 지금 눈앞에 있는 일을 확실히 구분할 필요가 생긴다. 구분한다는 것은 '분명히 한다'는 것이다. 즉, 사물과 일의 본질을 분명히 한다는 의미가 그 속에 있다.

지금 이 하나의 순간순간을 분명히 하자.

우리는 지금을 살고 있기에 때로는 쓰리고 괴로운 현실도 받아들이지 않으면 안 된다.

순간을 충실하게 살려면 포기할 것은 포기해야 한다.

이상과 현실

지금은 "현실에서 눈을 돌리면 안 된다"라고 말하고 있지만, 나도 전에는 현실을 직시하지 못했다.

실은 '자, 난 중이 될 거야'라고 마음을 정하고 수행을 시작한 것이 아니라, 대학교를 졸업하고 절을 이을 사람이 없어서 어쩔 수 없이 수행해야 했던 것이다. 처음부터 마음은 도망치고 있었고, '부모 때문이야'라고 생각하며 마지못해 하루하루를 보냈다.

'어째서 매일 이런 걸 하지 않으면 안 되는 거야.'

'이런 괴로운 좌선, 더는 싫다.'

'왜 친구처럼 자유로울 수 없는 거야.'

당시는 버블 시대라서 밖이 한층 화려해 보였다. 궁극적으로는 '대체 난 왜 절의 아들(일본은 결혼해서 가정을 이루는 대처승이 대다수다)로 태어난 거야'라고 생각했다.

하지만 아무리 번민해 봐도 눈앞의 문제는 해결되지 않았다. 도리어 마음만 점점 흐려져 갈 뿐이었다.

당시는 그 순간의 괴로움에서 어떻게든 도망치고 싶었다. 몸은 도망칠 수 없는 상황에 내몰려 있었기 때문에, 마음만이라도 어딘가에 가고 싶어서 '지금, 여기가 아닌 다른 곳에 있는 자신'을 공상했다.

건너뛸 수 있는 돌다리는
어차피 하나

그것이 아무 해법도 되지 않는다는 것을 지금은 잘 안다. '수행한다'는 건 정해진 일이어서, 엄격한 좌선이 괴로워도 그것이 그 순간의 '지금'이었던 것이다.

그러므로 마음을 굳게 가지고 '포기'해야 한다. 해야만 하는 일을 분명히 하고 넘어가자. 지금 해야만 하는 일은 싫다고 도망치더라도 없어지지 않는다.

'내가 있고 싶은 상태'에 대한 상상과 '괴로운 현실'의 차이를 얼마만큼 분명하게 받아들일 수 있는가에 달렸다. 아무리 열심히 하자고 마음먹어도 생각과 생활이 반드시 일치할 수는 없다.

예를 들어 결혼 생활이 상상했던 것과 다르면 이상과 현실의 차이 때문에 현실에서 도망치고 싶어진다. 희망 직종에 취직하더라도 마찬가지다. 취업한 지 얼마 안 됐을 때는 선배처럼 활약하는 자신의 모습을 상상한다. 그러나 실제로는 기초적인 일만 하니 '상상하고 있던 일과는 다르다'며 심통을 낸다.

뭔가를 시작했을 때 이상과 현실이 차이가 난다고 낙담하기 쉽다. 하지만 그것이 현실이므로 도망치지 말고 어떻게 받아들일 것인가를 생각하는 수밖에 없다.

처음 수행을 시작했을 때다. 좌선 시간에 다리가 말도 안 되게 아파서 난감했다. 수행장에서는 30~40분간 좌선하고 잠시 다리를 풀고 다시 30~40분을 좌선한다. 이것을 반복하는데 길 때는 열 시간 이상 앉아 있는다.

그날은 20분 정도 지날 때쯤 통증이 생겨 그 통증에 온통 마음을 빼앗겨 버렸다. 엄살이 아니고 '으악' 하고 소리치며 밖으로 뛰쳐나가고 싶을 정도였다. 게다가 '더 심해질지도 모른다'는 상상 때문에 공포가 부풀어 올랐다.

통증이나 답답함은 나쁜 상상을 증폭시켜 마음을 불안정하게 만든다. 게다가 싫다고 생각하면서 앉아 있으면 애초부터 마음이 약해진 상태라 금방 견디지 못하게 되고 만다.

'이 괴로운 좌선을 어떻게 넘길 것인가'만 생각했을 때는 거기에만 신경이 쓰였지만, '어쩔 수 없네. 지금은 좌선을 하지 않으면 안 되는 때니까'라고 포기하니까 신기하게도 '아픈 것도 어쩔 수 없지' 하고 생각할 수 있게 되었다.

높은 산을 오를 때도 마찬가지다. 아래에서 정상을 올려다 보면 '저런 곳까지 어떻게 갈 수 있나'라는 생각이 든다. 오르기 시작하면 역시 상상한 만큼 괴롭고 힘이 든다.

그때마다 '이 한 걸음만 앞으로 딛자'라고 생각하면 마지막에는 정상에 도착할 수 있다. 지금만 바라볼 수 있다면 다른 것은 포기하고 눈앞의 것에 집중할 수 있다. 결과적으로 커다란 무언가를 이룰 수 있게 된다.

일이 많을 때도 이런 생각은 통한다 '이렇게 일이 많다니' 하고 패닉이 올 때는 '지금 해야만 하는 것은 이것'이라고 정하고 시작하자.

사람은 턱없이 먼일을 생각하면 마음이 약해진다. 그러면 의욕마저 없어지고 만다. '진짜 끝날까' 하고 미래의 불안에 마음이 묶여 괴롭고, 힘들 것을 상상하니까 현실을 잘 돌보지 않게 된다.

그럴 때는 이렇게 생각해 보자.

'그 순간순간에 할 수 있는 건 하나뿐이다.'

두 개의 일을 한 번에 할 수 없다. 그렇기에 순서를 생각할 수밖에 없다. 마감이나 시험 일자가 점점 다가오는데 아직 손도 대지 않은 게 있어서 불안하다면, 그 가운데 지금 해야만 하는 것이 뭔지를 확실히 정하자. 그럼으로써 '지금'으로 돌아올 수 있다.

보통은 괴로운 것에서는 도망치고 즐겁고 쉬운 일만 하고 싶다. 아니면 오늘은 말고 내일로 미루고 싶다. 그러고 나서 자신에게 변명한다. 그건 에너지와 시간을 헛되이 보내는 것일 뿐이다.

지금 이 순간에, 우선순위가 높은 것부터 집중하자.

그러면 반드시 길이 열린다.

더 돌아가는 사람

뭔가를 시작하자마자 '이걸 하면 어떻게 될까' 하고 결과를 생각하는 경우가 많다.

'이 공부를 하면 등수가 꼭 올라갈 거야.'

'이 일을 하면 틀림없이 모두에게 인정받을 거야.'

성과를 미리 기대하면서 될 수 있으면 지름길로 목적지에 도착하고 싶어 한다.

어느 날 "좌선을 하면 어떻게 되는 겁니까"라는 질문을 받았다. 나는 "지금 좌선을 한다고 내일 뭔가가 달라지진 않습니다"라고 대답했다. 그러자 다음과 같이 대꾸해 왔다.

"그럼, 좌선해도 뭐가 되는 게 아니지 않습니까."

나는 대답했다.

"흠…… 뭐가 되는 건 아니죠. 그래도 잠깐 앉아 보시겠어요?"

어떤 목표에 쉽게 다다르는 지름길은 절대 없다.

그런데도 지름길만 찾다가 시간만 낭비하는 사람이 많이 있다. '이걸 하면 분명 효율적일 거야'라고 생각만 하고 있다면, 결국 아무것도 하지 않고 있는 셈이다.

머릿속으로 '이건 즐거워, 괴로워'라는 식으로 판단하지 말고, '해야 할 것'인지 아닌지에만 집중해 보자.

결과에 구애받지 말고 우선 해 보자. 지금 할 수 있는 일은 눈앞에 있는 것뿐이다.

그렇게 해서 한 걸음씩 '지금'만 보며 걸으면, 힘듦과 괴로움을 잊고 지내는 시간이 점점 길어진다. 이것도 중요한 잊기 비결이다.

'신경 안 쓰는 척'을 권함

우리는 날마다 많은 판단을 내리고 있다.

아침밥은 무얼 먹을지, 무얼 입고 갈지 하는 사소한 일부터 학생이라면 진로나 취직 등의 일을 결정해야 하고, 직장에서는 어떤 업무를 진행할지 선택하는 것은 물론 진행 방법이나 사운을 건 빅프로젝트의 방향도 정해야 한다. 하다못해 편의점이나 마트에서 쇼핑할 때도 어떤 상품을 살까 말까 결정해야 하므로 짧은 하루 사이에 수도 없이 많은 판단을 내리게 된다.

그리고 지금이라는 순간은 당신이 태어난 이래 셀 수 없이 많은 판단을 반복해 온 결과다.

판단을 흐리는 것들

그런데 판단할 일이 있을 때, 어떻게 해야 몇 개의 선택지 가운데 가장 적합한 것을 고를 수 있을까?

첫 번째 지침은 '욕심'에 현혹되지 않기다. 즉, 일부러 욕심을 잊으려고 의식하는 것이다.

연애라고 치면 '부자나 외모가 좋은 사람과 사귀고 싶어'라는 욕심이 앞선 나머지, 앞에 있는 사람의 본질을 알아차리지 못해 배신당하고 상처를 입다가 어느 틈엔가 문제에 말려들고 만다.

일에서도 '돈 벌고 싶다', '편하고 싶다'는 욕심이 앞서면, 본래 자신이라면 즐겁고 보람되게 할 일도 멀리하는 경우가 생길 수 있다.

사람은 '더, 더' 하고 바라면서 사는 생물이다. '더 배우고 싶다', '더 잘하고 싶다', '더 성적을 올리고 싶다' 등 욕심이 나를 위로 당기는 힘으로 바뀌면, 그것은 자신의 업그레이드와 연결된다. 지금에 집중하는 원동력이 되는 것이다.

하지만 '욕심에 눈이 멀어'라는 말이 있듯이, 욕망을 기준으로 판단하면 사물과 사람의 본질을 못 보고 본래의 자신에게마저 소홀하기 쉽다. 주의해야 한다.

소신이 없으면 보이지 않는다

또 타인의 경험에만 의지하는 것도 판단을 틀리게 만드는 원인이다.

지인이 맛있고 서비스도 좋다고 말해 준 레스토랑에 찾아갔다고 예를 들어 보자. 자신이 방문했을 때도 멋진 서비스를 받을 수 있으리라고 기대했는데 그 기대와 다르면 틀림없이 불공평하다고 느끼게 된다. 더욱이 마음에 여유가 없을 때는 "왜 난 그 사람과 같은 서비스를 받지 못한 거야" 하며 불만을 터뜨릴지도 모른다.

마찬가지로 인터넷에서 입소문이 난 영화라고 해서 보러

갔지만 막상 '리뷰만큼은 아니네' 하고 생각할 수도 있고, 음악을 듣고 '그저 그러네' 하고 실망하기도 한다. 이건 남의 판단을 그대로 믿었기 때문에 생긴 일이다.

사람은 한 사람 한 사람 성격도 취향도 다르고 살아온 배경이나 경험도 다르기 때문에 현실을 받아들이는 방식도 각각 다른 게 당연하다.

그런데도 남의 판단과 자신의 판단을 맘대로 비교했다가 본래라면 즐거웠을 시간을 엉망으로 만들고 있는지도 모른다.

정보는 정보일 뿐이다. 객관적으로 쿨하게 판단하는 데 쓸 재료로 사용한다면 매우 편리한 것이지만, 판단 없이 그대로 믿어버리면 그저 정보에 휘둘리는 것이다.

나름의 소신 있는 판단 기준으로 정보를 취사선택해야 한다. 그리고 제외된 정보는 신경 쓰지 말고 잊어버린다.

그것이 정보가 넘쳐나는 현대를 현명하게 살아가는 지혜의 하나가 될 것이다.

소신이 있으면 고민은 적어진다.

못 본 척, 못 들은 척

예를 들어 쇼핑을 하다가 잠깐 보기만 하려고 어떤 상품을 손에 잡았다가 갑자기 가지고 싶어 견딜 수 없었지만 돈이 모자라 살 수 없었던 경우, 혹은 회사에서 준비실 앞을 지나가는데 내 얘기가 화제가 되고 있어 잘 들어보니 험담이었던 경우를 생각해 보자.

필요 없는 물건인데도 봐 버렸기 때문에 욕심이 생겨 신경이 쓰이고, '그때 차라리 안 봤으면 좋았는데'라는 생각이 들 것이다. 험담도 '듣지 않았다면 좋았을 텐데' 하고 후회한다.

이런 식으로 무심히 지나쳐 가는 동안 '하지 않았다면 좋았을 일들'이 자주 발생한다.

'못 본 척', '못 들은 척' 할 수 있으면 되는데 이것이 상당히 어렵다. 인간이란 오감으로 들어온 정보에 아무래도 신경을 쓸 수밖에 없다.

마음을 가라앉히고 눈앞의 것에 집중하려 해도 눈이랑 귀에 들어오는 정보를 완전히 무시하기란 극도로 어렵다.

그러니까 되도록 '신경 안 쓰는 척'을 해 보자. 신경 쓰지 않는 연기도 잊는 방법의 하나다.

옛날 일본의 명승이신 대등국사가 이런 시를 지었다.

"좌선하니 시죠 고죠의 다리 위로 오가는 사람이 깊은 산의 나무로 보이네."

시죠와 고죠는 옛 교토의 번화가로 사람의 왕래가 무척 잦은 장소였다. 여기에서 좌선을 하고 있으면, 오가는 사람들이 깊은 산의 나무, 즉 깊은 산 속에 심어진 나무로 생각된다는 말이다.

대등국사는 아무리 어수선해도 혼자 자연의 고요 속에 몸을 두고 있는 것처럼 조용한 마음으로 있을 수 있었다. 그런 경지에 조금이라도 가까워지고 싶다.

오감을 소중히 한다

어느 수행 도장에서의 이야기다. 수행승 하나가 핸드폰을 숨겨 가지고 있어서 압수하니까 화를 내며 도장에서 나가 버리고 말았다. 수행 중에도 핸드폰이 그에게 없어서는 안 되는 물건이었던 것이다. 우리는 그런 그를 흉볼 수 있을까?

핸드폰이나 스마트폰을 가지고 있으면 '한번 알아볼까', '메일이 오지 않았을까', '누가 댓글을 달았을지도 몰라' 등등이 생각나 아무래도 주의가 그쪽으로 가 버리고 만다.

각종 정보를 제한 없이 얻을 수 있기에, 정보를 주체적으로 보는 건지 아무거나 그저 쓸어 담는 건지 알 수 없게 된다. 그리고 '언제나 정보를 보고 있지 않으면 안 돼', '다들 알고 있는 걸 내가 모르면 안 돼'라고 생각한다.

정보를 취사선택하는 것도 보는 양을 통제하는 것도 나밖에 할 수 없다. 핸드폰이 '있다'고 생각하니까 의식하게 되는 것이라면, '없다'고 생각해 보는 건 어떨까?

'있는' 것을 '없다'고 해 버리는 것이다. 이 '없는 척'도 잊는 방법의 하나다.

알아보는 것에 집착하지 않으려면 정보로부터 일정 거리를 유지하는 게 좋다. 거리가 있어야 '지금 이 정보를 봐야만 하는지, 이것이 필요한 것인지'를 객관적으로 자신에게 물어볼 마음의 여유가 생겨, 무엇을 보거나 들어도 금방 마음이 휘둘리지 않게 된다.

흔한 말이지만 정보를 접할 때는 절제하자. '이 시간은 안 보는 걸로 하자', '휴일은 무음으로 보내자'라는 식으로 '없는 듯' 해 보면, 조금씩 스마트폰에 신경을 쓰지 않게 되고, 곧 잊어버리고 지내게 될 것이다.

결정은 내 오감을 믿고

정보에서 벗어나기

지하철이나 버스를 기다리는 동안이나 타고 나서도 스마트폰만 계속 보는 사람들이 보인다.

특히 가족이나 친구와 함께 있는데도 얘기를 한마디도 하지 않고 서로 스마트폰만 만지작거리고, 걸을 때도 폰에만 눈을 두고 있다.

폰으로 뉴스를 읽거나 SNS를 보거나 하는 것 같다. 특히 SNS는 종류도 많아졌고 이제는 친구끼리 커뮤니케이션하는 데도 빼놓을 수 없는 소통의 도구가 되었다.

그런데 이렇게 잠깐 정보를 보거나 친구와 대화를 주고받는 것도 뇌가 활동하는 것이겠지 하고 막연히 생각하고 있었는데, 그게 그렇지 않은가 보다.

우연히 잡지에서 'SNS를 이용하면 뇌의 활동이 억제된다'라는 의외의 기사를 보았다.

손을 움직이고 머리를 쓰니까 뇌를 자극하고 있는 것처럼 보이지만, 실제로 측정하면 뇌는 억제된 상태, 즉 잠자는 상태라고 한다.

예를 들어 SNS에서는 '낮에 뭐해?', '어디 가?'와 같이 유치원 수준의 회화가 계속되니 뇌가 잠들고 마는 것이다.

게다가 SNS를 한 시간가량 하면 어린이들의 시험 점수가 100점 만점에서 30점 정도 내려간다는 데이터도 있다. 정보가 넘치는데, 뇌는 쓰이지 않게 되는 것이다.

확실히 요즘은 워낙 편리해져서 뇌를 쓰고 기억하는 일이 줄어들었다. 전화번호는 집 번호 정도나 기억하며 길을 몰라도 목적지까지 갈 수 있다. 이렇게 편리해지는 반면 우리 스스로 할 수 없는 게 늘어가는 듯하다. 이대로 계속되면 그냥 멍청이가 될 것 같다.

또 하나 걱정되는 것이 '감각의 둔화'다.

편리한 세상이 되어서인지 '오감'의 센서를 갈고 닦을 기회가 줄어 점점 감각이 둔해져 가는 느낌이 든다. 에어컨 때문에 더위를 모르고 여름을 보내고, 난방 때문에 추위를 모르며, 냉장고 덕에 음식이 상하는 일도 확 줄었다. 거기다가 유통기한이 표시돼 있어 식중독도 드물어졌다.

옛날에는 자기 눈과 혀, 코로 느끼고 판단했는데, 이젠 자신의 오감으로 판단할 필요가 거의 없어졌다. 그저 정보에 의지해 버린 나머지, 오감의 센서가 쇠락해져 생긴 악영향은 결코 적지 않을 것이다.

예를 들어 음식점을 골라 보라고 하면 무엇을 참고하는가. 거의 대부분 자기가 먼저 가게에 가서 맛을 확인한 후에 결정하기보다는 인터넷 리뷰 등에 의지할 것이다.

"어떤 가게인데?"라고 물으면 "잘 모르겠는데 리뷰 보니까 평가가 좋길래"라고 하는 대화는 이미 자연스럽다.

누가 어떤 기준으로 평가했는지 모르는 정보를 기준으로 삼다 보니 자신의 오감을 써서 정보를 얻으려는 의사가 점점 없어져 간다. 그리고 오감의 센서가 점점 둔해져서 최종적으로는 세상 사람들의 입맛에 좌우될 것이다.

마음으로 듣는 감각

여러 가지 정보가 오가는 시대인 만큼 SNS나 메신저 앱에서도 왕따나 집단 괴롭힘이 일어나고 있다. 그 때문에 스스로 목숨을 끊는 사람의 이야기를 들으면 무척 안타깝다.

사람과 사람이 서로 마주 보며 나누는 소통은 줄고 가상의 공간에서 주고받는 말은 늘어나서 가상 현실이 현실의 일부가 되어 버렸다.

실제로 상대와 마주 보고, 지금 무엇을 생각하고 있는지, 자신을 어떻게 생각하고 있는지, 왜 그렇게 생각하고 있는지를 감지할 수 있다면 좋을 것이다. 상대와 대화하면서 관계를 바꾸는 것도 가능할 것이다. 그러면 SNS의 관계에서 왕따를 당하더라도 그 정도로 신경 쓸 게 아니었을 것이다.

감지하는 힘, 이른바 감각은 오감을 쓰면서 갈고 닦을 수 있다. 스스로 체험하는 것으로, 남에게 들은 이야기보다 훨씬 많은 정보를 얻을 수 있다.

나는 고기나 생선을 안 먹고 온종일 좌선하면 감각이 날카로워진다. 자연의 혜택을 받으며 그 속에 몸을 두고 마음을 텅 비게 해서 있는 그대로 받아들이면 자연의 오묘함을 느낄 수 있다. 이 '자연 그대로 지내는' 것도 현대를 현명하게 사는 방법의 하나다.

원래 우리는 자연과 함께 살아왔다. 날이 밝으면 일어나고 해가 저물면 함께 잠들었다. 태양이 비치고 바람이 불고 눈이 내리는 것으로 날씨를 판단하고 자연의 생물이나 작물과 대치하며 인간은 자연 속 하나의 생물로 살아왔기에 자연의 변화나 생물의 기미를 잘 느껴왔다. 차가운 바람이 조금 느슨해지면 봄이 찾아왔다고 느끼고, 벌레 소리가 들리면 깊어지는 가을의 상념에 잠겼다. 그리고 겨울의 싸늘한 공기에 눈을 예감했다.

또 감각을 쓰면 미묘한 마음의 움직임도 느낄 수 있다. 이를테면 학교에서 만난 친구가 뭔가 고민을 안고 있거나, 직장에서 동료가 우울해하거나, 혹은 아이가 말하지 않는 일도 먼저 알아챈다.

그러나 문명이 발달함에 따라 자연과의 거리가 멀어지고 있다. 높은 파도는 방파제로 막고, 강물은 막아서 댐을 만들고, 번개는 피뢰침을 세워 대비한다. 확실히 우리 생활에 필요한 것뿐이지만, 자연을 콘트롤할 수 있다고 생각하면 생각할수록 감각은 둔해져 가는 것이 아닐까 한다.

앞으로는 인공지능이 발달해서 인간의 모습과 똑같고 인간과 똑같이 생각하고 움직이는 로봇이 나올 것이다. 그러면 '사람이란 무엇이고, 사람의 마음이란 무엇인가'라고 하는 근본적인 의문을 다시금 떠올리게 될 것이다.

마찬가지로 의학이 더욱 발전하면 고칠 수 없는 병은 적어지고 수명은 지금보다 훨씬 길어질 것이다. '인생 80년'이라고 하던 것이 '100년', '150년'이 될 미래도 멀지 않았다.

그러면 '인간으로 산다는 것은 무엇일까'라는 의문과 새로이 마주하게 될 것이다. 문명의 발달이 갈 데까지 가면, '본래의 인간은 무엇인가, 본래 인간이 갖추고 있는 힘은 무엇인가'라고 하는 질문으로 되돌아가는 시대가 올 것이다. 아니, 이미 그때가 되었는지도 모른다.

세상이 아무리 편리해져도 눈앞에 있는 것을 받아들이고, 마음의 소리를 알아듣는 감각은 불필요한 정보를 잊기 위해서라도 소중히 간직해야 한다.

3장

'인간관계'를 잊기

혼자
서는 법

우리는 언제나 누군가와 관계를 맺고 살아간다.

그러니까 인간관계 탓에 마음고생을 하는 일이 많고 온갖 일이 머리를 스쳐 가며 잊히지 않는다.

하지만 한편으로 '누군가의 덕분'에 살아갈 수 있기도 하다.

농가에서 키워 준 작물 덕분에 밥을 먹을 수 있고, 운전하는 분들 덕분에 출근도 하고 학교에 다닐 수 있다. 상사나 동료, 고객 덕분에 사업이 되고, 가족 덕분에 하루하루 행복하게 생활할 수 있는 것이다.

그렇게 서로 돕는 인간관계 속에서 쓸데없는 고민을 늘리지 않으려면 '처음부터 남에게 의지하지 않도록' 해야 한다.

사람은 혼자서 살아갈 수 없지만, 우선 혼자 서 보자.

도움을 받으려고 누군가에게 기대기부터 하는 것이 아니라, 자신이 할 수 있는 것은 최대한 어떻게든 해야 한다.

인간은 홀로 태어나 홀로 죽어 간다. 아무리 많은 사람에 둘러싸여 있어도 혼자인 것이다. 그리고 그 주변에 모두가 있다. 자립한 인간부터 되어야, 남에게 의지가 되어 주고 나도 남을 의지할 수 있다.

때로는 내려놓기

혼자 서려면 혼자의 시간이 있어야 한다.

우선은 마음을 알고, 자신을 알고, 무엇이 힘들고, 무엇이 불안한가를 제대로 바라본다. '누구한테 이것을 해 달래야지' 하는 어리광을 버리고 자신이 무엇을 해야만 하는지 생각한다. 그렇게 반복하다 보면 조금씩 홀로 선 자신에게 익숙해지고, 한 사람의 인간으로서 살아가는 토대가 생긴다.

그런데 우리에겐 좀처럼 혼자인 시간이 없다.

일할 때는 상사나 동료와 이야기하고, 전화나 방문객을 응대하느라 바쁘다. 점심때는 누군가와 밥을 먹고, 퇴근 후에도 버스나 지하철에서, 많은 사람에게 둘러싸여 귀가한다.

사생활은 가족과 함께 보내고, 자기 전에 겨우 혼자가 돼도 SNS로 누군가의 포스팅을 보고 댓글을 달거나 자기 사진을 올리거나 하면서 남은 시간을 보낸다.

이래서는 혼자가 될 수 없다. 때로는 일상 중에 모든 것으로부터 떨어져, 스마트폰도 내려놓고 한번 혼자가 되어 보아야 한다. 처음에는 외롭게 느껴진다. 그러나 몇 번 하다 보면 점점 익숙해져서 몸이 가벼워지고 마음이 편해짐을 알게 된다.

그리고 그런 시간은 '사람은 처음부터 혼자다'라는 사실을 직시하는 데도 필요하다.

"혼자가 되는 시간이 있는가"라고 물으면 가슴을 펴고 "네"라고 말할 수 있는 사람은 별로 없다. 방에 혼자 있어도 전화기에 자꾸 손을 뻗게 되고 메시지는 줄지어 오는 요즘 같은 때는 당연하다.

현대는 어린이부터 어른까지 스마트폰을 한시라도 손에서 놓지 못하는 시대다. 혼자의 시간 같은 건 1분도 없을 듯하다. 잊히지 않으려고 연결돼 있는 상태에 의존하고 있는 것이다. 의지가 강하지 않는 한, 우리는 혼자가 되기 힘들다.

좌선은 아무것도 가지지 않고 자신과 마주하는 것이지만 일부러 좌선하러 갈 필요는 없다. 스마트폰을 내려놓고 보통 의자라도 좋으니까 잠시 눈을 감고 앉아 보자.

그냥 그것만으로 '혼자의 시간'을 만들 수 있다.

음악을 듣는 것도 어떤 의미에서 혼자가 되는 시간이라고 말할 수 있지만, 꽤 집중되는 음악이라면 거기에 사로잡힌다. 될 수 있는 한 외부로부터 아무 정보도 들어오지 않는 것이 좋다. 조용한 장소에서 혼자가 되어 보자.

장소는 어디라도 좋다. 3분도 좋고 5분도 좋으니까 눈을 감고 앉아 보는 것이다.

평소 만나고 이야기하는 다양한 사람들로부터 조금이라도 해방돼 쓸데없는 것을 잊어버리는 시간을 가짐으로써 자신을 소중히 여길 수 있게 된다.

제정신으로 돌아가는 시간

좌선을 하는 목적 중 하나는 '깨달음'이다. 깨달은 상태란 잠에서 깨어난 상태일지도 모른다. 진짜라고 생각한 것이 꿈이었다는 것을 알아채고, 그 허상에서 깨어나는 것이다. 여기서 꿈은 '혼자 믿고 있는 것'이나 '망상'이라고 바꾸어 말할 수 있다.

그렇다. '자고 있지 않다'고 해서 꼭 '깨어 있다'고 할 수 없다. 거꾸로 우리는 하루의 대부분을 꿈꾸는 채로 살아가고 있다고 할 수 있다.

'장자'의 호접지몽(胡蝶之夢)이란 유명한 설화가 있다.

장자는 꿈에서 나비가 돼 여기저기 날아다니며 즐겁게 보낸다. 그리고 눈을 뜨고는 '그것이 꿈이었던가'라고 생각하다가, 문득 '아냐, 어쩌면 지금이 나비가 꾸고 있는 꿈일지도 몰라' 하고 깨달았다는 것이다.

사실, 꿈과 현실의 경계는 애매하다. 우리가 '지금 난 깨어 있어'라고 생각하고 있는 쪽이 현실 밖에 있는 꿈이고, 혼자가 돼 마음을 가라앉히고 있는 쪽이 깨어 있는 건지도 모른다.

어차피
우리는 혼자…

그래서 '꿈에서 깨어난다', '제정신으로 돌아간다'는 표현이 있는 게 아닐까? 쭉 현실 밖에 있던 사람이 혼자가 되는 시간을 만들고 나서야 현실의 자신을 문득 돌아보고는 '이제까지 뭐였단 말인가, 어째서 고민하고 있었던가' 하고 본래 봐야 했던 진정한 '지금'을 알아차리기도 한다. 나는 그런 경우를 수없이 봐 왔다.

꿈에서 깨어나려 한다면, 즉 자기가 빠져 있던 생각이나 망상을 잊고자 한다면 '혼자의 시간'을 소중히 여겨야 한다. 누구에게나 '제정신으로 돌아가는 시간'은 필요하다.

마음의 신진대사

핸드폰이나 SNS로 빨리 빨리 의사소통을 해서 그런지, 상대가 어떤 기분으로 그런 말을 하는지와 같이 마음을 헤아리는 능력이 약해져 가는 듯하다.

불교에선 간혹 스승이 엉뚱한 '화두'를 던진다. 일부러 그런 표현을 씀으로써 듣고 있는 상대의 주의를 끌려는 것이다. 상대는 '그게 무슨 말이지' 하고 의문을 가지고 그 말 뒤에 있는 의도를 알아내려고 한다. 잔잔한 곳에 일부러 파도를 일으켜 생각하게 만드는 것이다.

예전이라면 "자녀분이 아주 영리하군요"라고 남이 자식을 칭찬하면, 부모는 겸손하게 "아닙니다. 그렇지 않아요. 정말 애를 어떻게 해야 할지……"라는 식으로 대답했다.

실제로 자식이 칭찬받으니 기쁘고 자식이 예쁘지만 '어떻게 해야 할지' 같은 표현을 썼고, 듣는 상대도 그 겸손을 추측할 수 있었다.

그런데 지금은 속마음을 이해하려 하지 않고 '기쁜 것은 솔직히 기뻐하자', '들은 것만 생각하자'라고 액면 그대로 받아들이고 반응한다. 대화는 늘었는데 대화 하나하나에 천천히 시간을 들이지 않기 때문이다. 이것은 편지가 전화로 바뀐 것과 같다. 편지를 사용해 커뮤니케이션할 때는 상대의 편지를 읽고 생각하고 답장을 쓰면서 또 생각하고, 몇 번이나 다시 쓰고 나서야 상대에게 보냈다. 상대의 말을 꼼꼼히 음미하고 기분을 헤아리는 시간이 있었던 것이다.

그런데 전화를 사용하면서부터 용건이 있을 때마다 연락해, '어떻게 할까요', '지금 정합시다', '지금 답을 주세요'라는 식으로 서두르게 되었다. 상대방의 말을 금방 되받아넘기는 커뮤니케이션만 하다 보니, 급히 판단하지 않으면 안 되고 상대방의 말에 담긴 진의를 읽어 낼 여유도, 자신의 기분을 돌아볼 틈도 없다.

전화나 메일에 즉시 대응하다 보면 침착하게 제대로 생각하는 시간이 없어지고 마음이 뒤숭숭해지기 쉽다.

핸드폰이나 컴퓨터에서 떨어져서 조용히 마음을 가라앉히는 시간을 마련해 보자. 이런 '침착한 시간'도 앞서 말한 '제정신으로 돌아가는 시간'이며, '마음의 신진대사'에 필요한 시간이다.

마음이 잔잔해지면 '뭐야, 답은 간단한 거네', '어째서 이런 한심한 걸로 고민했지?' 하고 제정신으로 돌아오는 경우가 많아진다.

상대를 배려하면서 마음과 마음으로 하는 대화는 공 치듯 말을 반사적으로 되받아치는 것이 아니다. 한 호흡을 두고 잘 생각하고 상대에게 응답하는 것이다. 그러려면 일단 침착한 시간을 보내는 연습을 해야 한다. 혼잡함을 잊고 조용히 보내는 시간이 허덕이며 대답하느라 지친 마음의 신진대사를 회복시키는 묘약이다.

연결에서 떨어지기

틈만 있으면 자신도 모르게 스마트폰을 만지고 SNS나 뉴스를 보는 사람이 늘어 가고 있다. 당연히 하던 일이랑 구분되지도 않고, 본래 해야 할 일에도 집중하지 못한 채 그저 멍하니 정신이 팔리기도 한다.

잠시 숨 돌리는 정도라면 괜찮지만, 언제나 '뭔가 새로운 게 올라왔을까 봐', '모르는 정보가 지금 막 나왔을까 봐', '지인이 무엇을 하는지 나만 모를까 봐' 등에 온통 신경 쓴다. 당연히 해야 할 일의 효율은 떨어진다.

남의 포스팅을 보고 '좋아요'라고 의사표시를 하고, 자기

것을 올릴 때는 '나 좀 봐 줘요'라는 마음이 된다. 이렇게 저렇게 계속 타인과 연결돼 있지 않으면 안심이 되지 않는 것인지도 모른다.

누군가와 연결되고 싶은 이유

아이들은 자주 '이것 좀 봐요' 하며 자기가 한 일을 보여 주고 싶어 한다. 누군가와 연결되고 싶은 '봐 줘요 증후군'인 사람은 그런 아이들 수준이다.

생각해 보자. 문자나 SNS로 늘 누군가와 연결돼 있다 하더라도 그걸로 서로를 얼마나 이해할 수 있을까? 도리어 많은 사람들이 이런 수단에 의지한 나머지 오감이나 감성을 직접 써서 상대를 이해하는 일을 소홀히 하고 있다.

누군가를 만나면 '왠지 이 사람의 생각을 알겠어'라는 기분이 들거나, '함께 있는 분위기가 좋다'고 느껴지거나, 말로 하지 않아도 이해가 가고 서로 공감되는 순간이 있다. 그런 느낌은 실제로 만나지 않는 한, 아무리 메시지를 교환해도 전

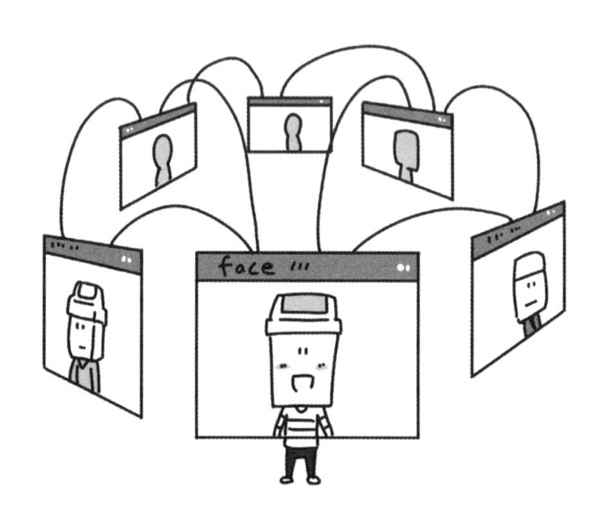

우리는 모두 연결된 혼자다.

해지지 않는 것이다.

원래 그런 '직감'이 인간에게 갖추어져 있다. 지금처럼 수단에 의존하지 않고 자신의 감각을 믿던 옛사람들이 오히려 직감이라는 면에서는 뛰어났을 것이다. 감각을 살린다면 주변에서 하는 이런저런 말에 사로잡히지 않고, 눈앞에 있는 사실을 제대로 받아들여 좀 더 정확히 판단할 수 있다.

혼자는 기본

'누군가와 연결돼 있고 싶다'고 하는 것은 '혼자 있는 것은 불안하다'라는 뜻이다.

예를 들어 SNS에 '오늘은 친구와 식사했다', '이번 주는 매일 송년회가 있다'라는 내용이 있다고 하면, 그것을 본 사람은 '이 사람은 언제나 친구들에 둘러싸여 있구나. 즐겁고 좋겠다'라고 생각해 공연히 외로움을 느낀다.

올린 사람도 혼자가 아니라는 것에 스스로 안도하려고 '친구와 함께 있다'는 사실을 보여 준 것일지도 모른다. '아는 사람이 많은 것이 좋은 거다'라는 생각에 사로잡혀 있기 때문에 많은 사람에게 관심받는 자신의 모습을 보고 스스로 안심하려 하는 것이다. 그러나 지인이 많으면 안심이 되기는 하는 걸까?

나는 많은 친구를 사귀고 싶다든가 적극적으로 늘려야지 하고 생각한 적은 한 번도 없다.

혼자 있는 것은 외로운 것일지 모르지만, 결국 인간은 혼자 태어나고 혼자 세상을 떠난다.

원래부터 인간은 고독한 존재다. 우선 그것을 받아들일 수 있으면 누가 누구와 무엇을 한다 해도 신경 쓰이지 않는다.

기본적으로 지위가 오르면 오를수록 고독해져 간다. 물론 아는 사람은 늘지만, 기본은 역시 혼자인 것이다. 지위가 높을수록 스스로 판단하지 않으면 안 되고 스스로 대답하지 않으면 안 된다. 다른 이와 의논할 수 없는 일도 많아진다. 그런 고독을 견딜 수 있는 사람이 아니면 높은 자리에 계속 있을 수 없다.

물론 누구나 정상을 목표로 할 필요는 없지만, 이 점 하나만 봐도 '친구가 많은 게 좋다', '고독은 슬픈 것'이라는 선입견은 깨졌을 것이다.

물론 '인간은 혼자가 아니야. 모두가 돌봐주고 서로 지탱해 주고 있는 거야'라고들 말한다. 그렇긴 하지만 대전제로서 인간은 태어나면서부터 고독한 존재다.

살아가는 이상, 혼자가 기본값이다. 혼자이기에 주변의 사람과 서로 지탱해 주고 도우며 살고 있는 것이다. 혼자인 사람끼리 자유롭게 그물 같은 관계를 만들어 간다.

고독이 탄생시킨 것들

많은 사람들이 '고독'에서 벗어나고 싶어 하는 것은 분명 '고독'이란 말에 나쁜 이미지가 있기 때문일 것이다.

최근 '고독사'나 '혼밥'이란 단어를 자주 듣는다. 누구에게도 돌봄을 받지 못해 혼자서 죽어 가는 것, 누구와도 대화 없이 혼자 밥을 먹는 것이다. 이런 단어를 들으면 혼자란 얼마나 외롭고 우울한 것인가 하고 무심코 생각하게 된다.

혼자인 것이 극히 보통의 일인데도, 지금은 누군가와 함께 있는 것이 당연한 시대가 되었나 보다.

핸드폰을 가지고 있으면 친구나 업무상 지인 혹은 외국에 있는 사람하고도 언제든 연락할 수 있고 메시지를 주고받을 수 있다.

집에 혼자 있더라도 인터넷에 접속만 하면 이야기를 할 수 있고 사람들과 대화를 나눌 수 있다.

핸드폰 없이 혼자 있을 때는 '혼자'인 것이 당연하지만, 누군가와 연결돼 있고 많은 사람 사이에 있는데도 외로움을 느끼는 것은 괴로움이다.

친구와 싸워서 혼자가 되거나 회사에서 한직으로 내몰려 아는 사람이 거의 없는 상황이 되면 처음에는 고통을 느낀다. 이럴 때 '그래, 원래 다 혼자니까'라고 생각하면 불안이 부풀어 오르는 것은 피할 수 있다. 도리어 '모두 나를 가만히 둬 주니 좋다'고 생각할 줄도 알아야 한다.

주변과 비교하지 않는 게 우선이다. 친구가 적어도 대개는 별문제 없다. 고독은 결코 나쁜 게 아니다.

무엇 때문에 남과 같이 있고 싶은 건지, 혼자가 싫다면 왜 그런지 한번 되돌아보자.

만약에 '많은 사람에게 둘러싸여 있어야 한다', '모두에게 인기인이 되고 싶다'라는 욕심에 사로잡혀 있다면, 그것은 망상이다. 그런 것은 잊어버려라.

그냥 앉아서 조용히 눈을 감자. 고독은 의외로 좋은 것이다.

침묵을 즐긴다

여성들이 나누는 대화를 듣다 보면, 나도 모르게 감탄하고 만다. 화제를 줄줄이 바꾸어 가면서 계속 이야기해 가는 능력에 놀라는 것인데, 이렇게 순수하게 이야기하는 게 좋아서 말이 끊기지 않는 거라면 좋지만, 침묵을 무서워한 나머지 계속 말하는 사람도 있다. 그런 사람은 홀로인 것에 익숙하지 않은 것이다.

집에는 가족이 있고, 직장에는 동료가 있다. 혼자서 걷는 시간에는 스마트폰으로 메시지를 보거나 통화를 한다. 언제나 누군가와 연결돼 있다면 혼자가 됨으로써 침묵하는 시간은 사라지게 된다.

이야기가 계속되는 것은 좋은 일이고 나도 다른 사람들도 즐거워하고 있는 증거라고 여기지는 않는지? 무엇을 이야기하지 않는 시간은 '즐겁지 않은 시간', '별 볼 일 없는 시간'이라고 생각하지는 않는지? 침묵을 나쁜 것이라고 생각하니까 불안을 느끼는 것이다.

말을 안 해도 되는 편안함

한편으로 침묵은 기분 좋은 편안한 것이라고 생각하는 사람도 있다. 실제로 혼자 아무것도 얘기하지 않는 시간은 편안함을 가져다주기도 한다.

'오늘 하루는 어떤 날이었나.'

'일하면서 쓸데없는 생각에 사로잡혀 있지는 않았나.'

'지금 해야 할 일에 집중하고 있는가.'

그런 식으로 자기 자신을 되돌아보면서 지금은 필요 없는 것을 조금씩 잊을 수 있기 때문인지도 모른다. 그렇게 함으로써 우리는 상대적으로 중요한 것을 깨닫게 된다.

어느 정도의 시간을 혼자 있어야 침묵의 편안함을 깨닫는지를 일률적으로 정할 수는 없다. '혼자의 시간은 이 정도, 모두와 있는 시간은 이 정도가 적당'이라는 균형의 문제가 아니기 때문이다.

중요한 것은 실제로 혼자가 되어 보고, 스스로 그 편안함을 깨닫는 것이다.

나는 역시 "우선은 침묵하고, 그대로 앉아 보세요"라고 말하고 싶다.

'모두와 사이좋게'는 가능한가

어린아이를 유치원에 "잘 다녀와" 하고 보내다가 무심코 이렇게 덧붙일 때가 있다.

"사이좋게 지내라."

잘 생각해 보면 그런 일은 부모인 우리도 할 수 없다. 만나는 사람 모두와 사이가 좋기는 어렵다.

그럴 수는 없다.

그렇게 생각하면서도 그만 입 밖으로 나오고 마는 것은 우리 자신도 그렇게 듣고 자라서 이미 그런 생각이 잠재의식에 새겨져 있기 때문이다.

'모두와 사이좋게 지내야만 한다'는 생각은 가상 세계에도 존재한다.

인터넷 게임 세계에선 얼굴도 모르는 사람들이 모여 팀을 짜서 적을 함께 무찔러 간다. 모르는 사람들이 하나의 팀이 되기 때문에 '주위 사람에게 쓸모가 있어야 한다'라고 생각한다. 그 때문에 무리해서 비싼 무기를 사고 멤버에 맞춰 레벨업도 한다. '9시가 되면 우리 멤버가 게임을 하니까 나도 참가해야 돼'라며 게임을 거의 의무화해 버린 사람도 있다. 단순히 게임을 즐기는 것이 아니라 '모두와 함께'라든가 '주변에 민폐가 되지 않도록'과 같은 것을 생각해야 한다면 좀 귀찮지 않을까?

사이가 좋은 것은 좋은 것이지만, '사이가 좋지 않으면 안 되는' 절대적인 이유는 없다.

주위 사람들과 맞지 않으면 혼자 있어도 좋다. 결코 모두에게 맞춰야 하는 건 아니다.

원래 우리 한 사람 한 사람은 유일무이한 존재이고, '모두'와 사이좋기는 어렵기 때문이다.

아직껏 '주위 사람들과 어떻게든 사이좋게 지내야 하는데' 하고 생각하고 있다면, 그런 선입관은 잊어버리자. 그리고 이렇게 생각해 보자.

'사람은 모두 다르므로 똑같이 살지 않아도 되고 모두의 의견에 동의하지 않아도 된다.'

맞지 않으면 혼자여도 상관없다.

혼자가 되는 것은 두려운 게 아니다. 그런 두려움은 싹 잊어버리면 어떨까?

혼자가 되는 것은 많은 깨달음을 가져다준다. 틀림없이 마음의 여유도 가져다줄 것이다.

고독을 두려워하지 말고 일상 속에서 3분이라도, 5분이라도 우선 혼자가 되는 시간을 만들어 보자.

틀림없이 무언가 발견이 찾아올 것이다. 내가 보장한다.

좋은 사람이 되지 않아도 돼

언제까지나 마음에 품고 사는 대표적인 감정이 '용서할 수 없다'는 것이다.

인간이니까 나도 용서할 수 없다고 생각할 때가 있다. 사람을 좋아하기도 하고 싫어하기도 하고 용서할 수 없다는 생각이 끓어오르기도 하는 법이다.

종종 "사람한텐 나쁜 면만 있는 건 아니니까 좋은 면도 보도록 하자"라고 말하지만, 무리다. 싫은 사람은 어떻게 해도 싫다. 그건 어쩔 수 없다.

타인과는 맞고 안 맞고가 있는 게 당연하다.

'용서할 수 없다'는 감정

또 "업무상의 인간관계는 업무적으로"라는 말도 있다.

싫은 상대도 안 맞는 사람도 전부 포함해 잘 진행해야 하는 것이 업무라는 생각 방식인 것이다. 여하튼 회사에서는 일을 해 가야 하니까.

그런데 만약 안 맞는 사람이 있다면 딱히 사이좋게 지낼 필요는 없다. 살면서 마이너스 감정이 생겨나는 것은 자연스러운 것이다. 그것을 무리해서 억누를 필요는 없다.

안 맞으면 안 맞는 대로 담담히 일을 진행해 가면 된다.

그럼에도 불구하고 '용서할 수 없어', '저 인간은 틀렸어'라는 생각이 들면 괴로워진다.

여기에 더해 '용서할 수 없다고 생각하는 내가 나빠', '어째서 이런 생각을 하게 되는 거야'라고 자기 감정을 부정하기 시작하면 한층 괴로움이 깊어진다.

그것이야말로 '모두와 사이좋게 지내야만 한다'는 생각에 사로잡힌 결과다.

그럼 매일 만나지 않으면 안 되는 상사나 동료, 아이 친구의 부모 혹은 이웃과 잘 안 맞으면 대체 어떻게 하는 것이 좋을까?

실제로 진짜 싫은 사람이지만, 관여하지 않으면 안 되는 경우도 적지 않다. 그럴 때는 그냥 자신의 역할을 '연기'하는 수밖에 없다. 그렇게 함으로써, 상대에 대한 불쾌한 감정을 잊으며 갈 수 있다.

지금의 상황을 바라보고 역할을 연기하면 된다. 그때그때의 상황에서 해야만 하는 일에 철저히 몰입하는 것이다.

"연기를 하다니, 나 자신을 속이는 거네요. 그런 짓을 하면 괴로워요"라고 말하는 사람도 있지만, 절대 종일 연기하라는 뜻은 아니다.

혹은 '어째서 기분 상한 쪽은 난데 싫은 사람 때문에 연기를 해야 하지?' 하고 납득할 수 없는 사람도 있을지 모르겠다. 좀 더 가볍게 생각해 보자. 어차피 '진짜 나'는 나 자신도 알지 못하는 것이다.

거기다가 인간은 늘 많든 적든 연기를 하고 있다.

가족 안에서는 아버지나 어머니 역을 맡고, 고민하는 친구

앞에서는 이해하는 역을 맡는다. 연인 앞에서는 이상적인 연인을 연기하는 것인지도 모른다.

상황마다 자신이 해야만 하는 일에 집중하고 완전히 그 배역이 되면 된다.

용서할 필요 없다

만나고 싶지 않은 사람을 만나야만 하는 괴로움은 부처님도 베스트 8에 뽑은 괴로움이다. 인간이 생각대로 할 수 없는 것 중 하나다.

그러나 역시 싫은 사람하고도 만나지 않으면 안 되는 것이 인생이다.

이것은 2500년 전에도 있던 괴로움이니까, 피할 길이 없다면 일단 '도망갈 수 없다'고 포기하는 수밖에 없다.

그리고 무리해서 상대를 용서하겠다는 생각을 그만두자. 그런 원칙은 잊어도 된다. 해결하려고 하지 않아도 된다.

내가 '용서할 수 없다'고 생각한다 할지라도 상대가 당신을

안 비워지는 건 어쩔 수 없지.

어떻게 생각하고 있는지 알 수 없다. 어쩌면 당신을 아주 좋아하고 있는지도 모른다.

상대에 대한 생각도 상대로부터의 생각도 우리는 어쩔 수 없다. 그렇다면 '생각대로는 되지 않는 것'이니까 포기하는 수밖에 없다.

시간이 지나면 관계도 변한다. 언젠가는 만나지 않고 지내는 날이 온다. 그렇게 생각하는 것만으로도 조금은 마음이 가벼워질 것이다.

'용서하지 않으면 안 된다'고 생각하면 그 생각에 집착하게 된다.

'용서되지 않으면 용서하지 않고 있어도 좋다'라고 생각하면 상대에게 집착하지 않으며 지낼 수 있다.

실은 또 한 가지 중요한 사실이 있다. 뭔가가 용서되지 않는 사람은 상대를 용서할 수 없는 것이 아니라 '용서하지 못하는 자신에 대한 감정'에 사로잡혀 괴로워하고 있는 것이라는 사실이다.

그렇다면 그것은 상대의 문제가 아니라 나의 문제다.

싫은 사람이란 그런 중요한 사실을 당신이 깨닫도록 해 주려고 하늘에서 보낸 사신일지도 모른다. 그렇게 생각하면 조금이라도 관점을 달리할 수 있을 것이다.

이렇든 저렇든 간에 무리해서 '용서하자'는 생각을 하지 말아야 한다. 언젠가 전혀 신경 쓰이지 않는 날이 반드시 온다.

보답을 기대하지 않는다

갑작스럽지만, '사랑'이란 단어를 들으면 어떤 이미지가 떠오르는지?

사람들은 대부분 사랑이라고 하면 love, 즉 좋아한다는 플러스의 감정만 생각한다.

그러나 사랑을 빨강이나 핑크색같이 '밝은 색', '행복이 느껴지는 색'이라고만 생각하면, 뜻대로 잘되지 않을 때 '어째서 이런 거야'라는, 현실을 용납할 수 없는 마음과 괴로움이 생겨난다.

사랑에는 미움도 포함돼 있다. 사랑 때문에 괴로움을 알게 되고 슬픔을 알게 된다.

'이토록 좋아하는데 왜 보답이 없는 걸까?'

'사랑하는데 왜 미움이 끓어오를까?'

사랑은 그저 '좋아한다'는 감정만이 아니다. 사랑은 훨씬 더 복잡한 것이다.

사랑?

우리(불교)는 '사랑'이라는 말을 그다지 좋은 뜻으로 쓰지 않는다. 사랑은 탐내는 것과 같은 욕망을 말한다. '애착'이란 단어가 있듯이 사랑을 집착의 첫 번째 원인이라고 여긴다.

사람을 좋아하는 마음 자체는 멋진 것이다. 그러나 누군가를 좋아하면, '상대도 나를 좋아하면 좋겠다'라는 집착이 생긴다. 그것이 문제가 돼 세상이 바뀐다.

'그 사람을 좋아하니까, 그 사람만 생각해도 장밋빛이다'라는 보상이 없는 사랑의 세계가 '그 사람도 똑같은 정도로 나를 좋아해야 해'라는, 보답을 바라는 세계로 바뀌게 된다. 이

준 만큼
다시 내놔!

읏고 그것이 가장 큰 괴로움이 돼 덮쳐 온다.

한편으로 불편함도 늘어난다. 전에는 조금 연락이 안 되더라도 별로 크게 생각하지 않았는데, 언젠가부터 '왜 연락이 안 되는 거야', '어디에 있는 거야'라며 괴로워한다.

이것이 사랑일까?

상대가 무엇을 하고 있는지 어디에 있는지를 알아야 하는 게 사랑일까?

그냥 자신이 안심하고 싶어서 그것을 사랑이라고 말하는 게 아닐까?

쫓기는 쪽은 귀찮아 하는데 쫓아가는 쪽은 사랑이라고 부른다. 여기서 괴로움이 생기는 것이다.

'언제나 연결돼 있고 싶다'고 생각하기에, 쓸데없는 고민이나 걱정이 늘어난다.

만날 수 없으면 애달프던 마음이 시기와 의심으로 바뀐다. 답이 없으면 단순히 '연락을 못 받았나 보다'라고 생각하던 마음이 분노로 바뀌는 것이다.

스토커도 사랑이 변질된 형태 중 하나다. 상대에게 거절당

하고 나서 예사롭지 않은 집착이 생겨나 버린 것이다. 그러다가 극단적으로 '남의 것이 되느니 죽여 버리겠어'라는 절대로 용납될 수 없는 데까지 치달아 버리는 경우도 있다.

처음에는 보답을 바라지 않는 감정이었을 텐데, 어느 틈엔가 주위가 전혀 보이지 않게 되고, 자신의 마음조차 건잡을 수 없게 된다. 오로지 욕망과 집착만 남는다. 그래서 현실에서 눈을 돌리고 영원히 자기 혼자의 것으로 만들려 한다.

그런 사람은 마치 연극처럼 허구의 세상에서 살고 있는 것이다. 상대를 속박하고 자신만의 것으로 만드는 것이 사랑이라고 착각하고 있다. 그리고 상대에게도 똑같은 것을 원한다. 자신도 속박당하지 않으면 사랑받고 있지 않다고 느끼게 되는 것이다. 본래는 보상을 바라지 않고 단지 상대를 생각하는 것뿐이었는데 욕망에서 괴로움이 태어나 버렸다.

이와 같이 사랑에는 좋은 이미지만이 아니라 미움과 괴로움, 슬픔 등 갖가지 감정이 포함돼 있다.

단지 순수하게 생각하는 마음만으로는 끝나지 않는 존재가 인간인 듯하다.

그러나 사랑하고 있고 쓸데없이 부정적 감정을 만들어 내고 싶지 않다면 상대에게 보상을 바라는 마음을 잊어버리자.

정말 누군가를 사랑한다면 그걸로 충분한 것이다.

딱 잘라 잊기

여성의 이야기에 '응, 응' 하고 잘 호응해 주는 것이 인기남의 비결이라고 한다. 이를테면 여성이 뭔가에 화가 나 있거나 슬퍼하거나 고민하고 있으면, 그대로 이야기하게 두고 남성은 아무것도 말할 필요가 없다는 것이다.

여성 입장에서는 해결책을 듣고 싶은 것이 아니고, 어쨌든 들어주면 좋겠다는 것이므로 얘기하고 싶은 만큼 얘기하고 나면 후련해져서 잊을 수 있게 되는 것일지도 모른다.

그러나 남자 입장에서는 괴롭다. 남자란 기본적으로 문제를 해결하려고 드는 생물이기 때문이다.

뭔가 질문을 받으면 '답을 구하고 있구나'라고 생각해 열심히 어드바이스를 한다. 그런데 여성은 그런 것을 전혀 원하지 않는 듯하다. 어느 쪽인가 하면 도리어 자신에 대한 공격이라고 생각하는 것 같다.

"그래서, 어떻게 생각해?"라고 물으면서도 마음속에 어느 정도 답을 정해 놨을 것이다. 만일 그것과 다른 답을 듣는다면 "그런 게 아니라니까" 하면서 화를 낸다.

남자 쪽은 '그럴 거면 어떻게 생각하느냐고 묻질 말지'라고 생각하겠지만, 이럴 때는 여성에게 "힘들지?", "이렇게 열심히 하는데 많이 힘들겠다" 하고 공감의 뜻을 표시하는 것이 좋다.

이야기하고 싶은 만큼 하고, 동조를 구하고, 자신이 이끌어 낸 답에 납득함으로써 여성은 싹 지워 버릴 수 있다. 개인차가 있겠지만, 괴로운 과거를 깨끗이 잊어버리는 힘은 남성보다 여성이 한 수 위인 듯하다.

남성은 과거를 잘 미화한다. 아무리 연애가 괴로웠다고 해도, 아무리 심하게 차였어도 '그래도 걔는 역시 나를 좋아했어'라는 생각을 근거도 없이 마음속 어딘가에 간직하고 있는 경향이 있다. 그리고 그녀에게서 받은 사진이나 선물도 소중히 간직한다.

그런데 여성에게 같은 질문을 하면, '두 번 다시 보고 싶지 않다'거나 '지구상에서 같은 공기를 마시고 싶지 않다'라는 답이 돌아오는 일도 드물지 않다.

좋아해서 사귀었던 상대인데도, 남성으로서는 상상도 할 수 없이 딱 잘라 잊는다.

남성은 좋은 기억 외의 것은 잊어버리고 과거를 미화해 버리기에 전에 사귀던 여성과 만나도 아무 일 없었다는 듯이 행동할 수 있다. 그렇지만 여성은 잊고 싶다고 생각하면 미련없이 완전히 잊어버린다.

나도 돌봐 줘 증후군

친구의 이야기다.

그는 학생 시절부터 마음에 둔 여성과 사귀고 결혼해서 쭉 사이좋은 부부로 살았다. 그러나 아이가 태어나고 3년 뒤에 이혼이란 결말이 찾아왔다.

그렇게 사이가 좋았는데 어찌된 걸까? 그에게 전해 들은 이야기에 의하면 그 친구 쪽에서 이혼 얘기를 꺼냈다.

여러 가지 세세한 사정이 있었겠지만, 궁극적으로는 '아내가 자신을 상대해 주지 않는다'는 서운함이 이혼의 원인이었다. 아내의 관심이 아이에게 옮겨 갔다는 이유다. 지극히 흔한 일인데도 그 친구는 이해할 수 없었던 것이다.

아이는 부모의 손을 24시간 원한다. 아이가 있으면, 방도 예전처럼 정리돼 있지 않게 되고 부부의 대화가 줄어드는 것도 어쩔 수 없다. 둘만 보내던 때가 분명 즐거웠을 테지만, 이제 가족의 모양이 바뀌어 버렸다. 그런데 그 친구는 그 관계를 제대로 받아들이지 못했다. 둘만의 생활을 잊지 못한 것이다.

그는 계속 미화된 과거의 추억에 얽매여 현실을 받아들이지 못했다. 이러한 '나도 돌봐 줘 증후군'이 남성에게 꽤 많은 모양이다. 언제까지 자기를 돌봐 주길 바라는 것이다.

여성은 잊는 것을 잘하고 남성은 돌봐 주길 바란다.

차이가 있는 것이 당연하지만, 상대를 자기의 가치관에 끼

워 맞추려 하면 괴로움이 시작된다. 지금 상대가 무엇을 생각하는지 무엇을 바라는지, 제대로 바라보고 그때그때의 상황에 맞는 역할에 몰입하면 슬픈 엇갈림도 줄어들 것이라고 나는 생각한다.

진정한 관계가 태어나는 때

잊고 싶고 잊는 편이 나은 인간관계가 있는 반면, 잊을 수 없고 잊어서는 안 되는 인간관계도 있다.

대표적인 것으로 '사제지간'이라는 인간관계를 들 수 있다.

앞으로 나아갈 길에 가이드가 되는 스승이 없다면 잘못된 방향으로 혼자 가 버릴 수 있다. 다시 말해 스승 없이 혼자서 배우고자 하면 길을 벗어나게 된다는 뜻이다.

존재감이 있는 사람

스승과 제자의 관계는 일상에서도 찾을 수 있다.

그 사람을 좋아한다, 싫어한다는 감정적인 부분이 아니라 그분의 말을 받아들이고 배우며 따라가고자 하는 마음을 말한다. 그렇게 마음으로 존경하는 스승이 있는 사람은 행복하다.

역사상의 인물을 존경하는 것도 좋지만 실제로 만난 인물이나 고객을 스승으로 삼아도 좋다. 그런 분이 내 주변 가까이에 있을수록 문득 내가 헤매고 있을 때, 고민할 때 바로 가르침을 받고 그 가르침을 매일매일 활용할 수 있다.

가이드로 삼을 만한 분이 가까이 있다면 인생을 사는 법이나 인생의 즐거움과 보람을 더 배울 수 있다.

단, 스승이란 '좋은 결과를 내는 방법'이나 '효율성을 높이는 과정'과 같은 기술적 방법을 가르쳐 주는 관계의 사람이 아니다. 인생 자체에 큰 영향을 주는 존재를 말한다. 잊을 수 없는 존재감이 있는 사람이라고도 말할 수 있다.

그런 스승을 만났는지 아닌지가 삶을 바라보는 관점이나

사고방식, 더 나아가서 인생을 크게 바꾸어 놓는다.

나중에 깨닫는 것

내가 수행을 나오고 나서 4년째 되는 해에 아버지가 돌아가셨다. 그래서 승려로서 사는 법은 수행 도장의 스승에게 배웠다. 그때 스승과 함께한 생활이 나에게 커다란 영향을 주었고 스승께선 언제나 나의 의문과 고민에 전력으로 마주해 주셨다.

선문답으로 제자의 마음 상태를 체크하는 것도 스승의 역할이었다.

"이건 알게 되었으니 다음은 이 화두와 맞붙어 보도록"이라고 하면서 물음과 깨달음을 주었다.

그리고 제자들은 스승에게 받은 과제와 씨름함으로써 진리에 가까워지려는 노력을 할 수 있었다.

지금도 무언가 해결할 수 없는 의문이 생겨나면 '스승님이라면 어떻게 생각하셨을까', '이럴 때는 어떻게 하셨을까' 하

따라 하면 비슷해진다.

고 생각한다. 그러면 의문이 사라지고 해야 할 것이 보이기 시작한다.

수행 중 들은 것 중에는 바로 실행할 수 있는 것도 있었고 수년이 지나서야 '그때 말씀하신 것이 이런 것이구나' 하고 겨우 깨닫는 것도 있었다. 덕분에 끊임없이 스승의 눈을 통해 객관적으로 자신을 돌아볼 수 있었다. 그리고 앞으로도 쭉 내 인생의 지침이 될 것이다.

스승에게 배우고 그것을 마음의 양식으로 삼으려면 스승과 진심으로 마주하는 순간을 중요하게 여겨야 한다.

현실에서 도망가지 말고 결점을 숨기지 않으며 모든 것을 드러내고 진심으로 상대하는 것이다. 폼 잡는 행동도 자신을 잘나 보이게 하는 허세도 그만두고 존경하는 사람에게 있는 그대로 부딪혀 보기를 권한다.

배운 것은 바로 실천하자. 결과는 일단 잊고 믿어 보는 것이다. 정신적 스승과 똑같이 생각할 수 있으면 어느 틈엔가 고민 해결을 넘어 더 나은 자신으로 나아간다.

4장

'나'를 잊기

'자아 찾기'를 멈춘다

우리가 매일 끌어안는 여러 가지 생각이나 고민은 실은 나 '자신'을 잊는 것만으로 해결되는 경우가 많다. 그런데 잊고 지내는 편이 나은 자신을 일부러 찾아내려고 하다가 도리어 고민을 키우는 경우도 있다.

자신을 찾다가 지금 무엇을 하고 싶은지, 앞으로는 어떻게 하고 싶은지 모르게 돼 '당분간 혼자가 돼 나와 마주해 보겠다'며 떠난다.

혹은 일이 벽에 부딪히면 '내가 하고 싶은 일은 정말 이런 걸까', '이 일이 안 맞는 게 아닌가' 하고 고민하다가 '진짜 나'

를 찾는다며 여러 직장을 전전하는 사람도 있다.

천직이란 있을까

'지금 내가 진짜 하고 싶은 일은 무엇일까?'

'어디를 가면 내가 편하게 느낄까?'

'쭉 계속하고 싶다고 생각될 만큼 즐겁고 충만감을 맛볼 수 있는 천직은 무엇일까?'

혼자의 시간은 분명 현실을 받아들이는 데 필요한 것이지만, 자아 찾기를 하는 사람은 눈앞의 현실을 거부하는 것부터 출발하는 듯하다. '여기는 내가 있을 곳이 아니야'부터 생각해서 '여기가 아닌 어딘가'를 찾으려 하는 것이다. 도대체 '내가 있어야 할 곳'이란 어떤 곳일까.

예를 들어 학생 시절, 왕따를 당해 학교에 가고 싶지 않거나 학교에 적응하지 못하거나 친구들과 어울리지 못해 힘들 때는 '여기가 내가 있어야 할 곳일까?'라고 생각하게 된다.

또 회사라면 실수를 연발해 상사에게 혼이 나고 주변에서도 눈총을 줘서 바늘방석에 앉은 듯 느껴질 때, 업무 실적을 올리지 못해 한직으로 쫓겨나거나 마음에 안 드는 업무를 담당하게 되었을 때도 '원래 내가 있을 곳은 여기가 아니야'라고 생각하며 침울해한다.

그러나 아무리 그렇게 생각해도 몸은 틀림없이 그곳에 존재하고 있다. 아무리 여기가 아닌 다른 어딘가에 있고 싶어도 현실은 여기에 있을 뿐이다.

즉, 있을 곳은 여기뿐이다. 여기에 해야 할 일이 있다.

그것을 인정하지 않고 마음만 빠져나가서 '내가 있을 곳은 여기가 아니야', '내가 있을 곳은 따로 있어'라고 생각하는 것은 현실로부터 도망치려는 것뿐인지도 모른다.

그럼 마음을 둘 수 있는 곳은 어디일까?

예를 들어 일에서 보람을 느낄 때나 일이 잘 풀릴 때는 마음이 충만감으로 가득하다. 능력을 발휘할 수 있으면 더욱더 즐겁다. 예를 들어 공을 들인 프로젝트가 인정받으면 기쁨이 넘치고, '여기 있기를 잘했다'라고 생각한다. 또 주변 사람들과 관계가 좋아지고 맡은 일을 잘 해내서 칭찬받으면 그곳에 있는 기분이 달라진다.

우리는 '내가 기분 좋게 보낼 수 있는 곳', '내 뜻을 따라 주는 곳', '만족할 수 있는 곳'을 맘대로 '내가 있을 곳'이라고 생각해 버린다.

그런데 그런 만족은 '여기'에서만 만들 수 있다. '여기가 아닌 어딘가'가 아니란 말이다.

현실이 괴로우면 괴로울수록, 일이 잘 안 되면 안 될수록 더욱 '만족할 수 있는 곳은 따로 있을 거다'라며 멋대로 '있을 곳'을 만들어 낸다.

하지만 마음속에서 '여기가 아닌 어딘가'를 계속 찾아도 현실은 '여기'에 있을 뿐이다.

그렇다. 우리는 '지금' '여기'에 살고 있다. 어딘가 있을지도 모를 다른 장소에서는 지금 안고 있는 문제도 고민도 결코 없어지지 않는다.

파랑새의 진실

어쩌면 다른 일이라면 잘할 수 있을지도 몰라.

어쩌면 다른 사람이랑 있으면 사랑받을지도 몰라.

어쩌면 다른 장소라면 행복해질지도 몰라.

그런 있지도 않은 공상과 공상 속의 자신을 잊으려면 약간 역설적이긴 하지만, 한번 철저히 '자아 찾기'를 해 봐야 할지도 모른다.

나 자신이란 무엇일까.

내가 마음속에서부터 원하는 것은 무엇인가.

이제부터 무엇이 하고 싶은가.

어떻게 살아갈 것인가…….

자신에 대해 깊이 생각해 보면 이러한 의문이 솟아오른다. 그리고 그런 근본적인 의문에 대한 답을 쭉 자신에게 물어보다 보면 대체 무엇을 생각하고 있는지 잘 모르게 되고 만다.

'자신'이라는 말은 그 정도로 답이 잡히지 않는 개념이다.

원래부터 우리는 자신을 잘 모르고 있었다.

예를 들어 나는 '소극적이어서 사교적이지 않다'라고 자신

드디어 알았어!
난 쓰레기통이 아니라
세상을 깨끗하게 해주는
존재였어!!

을 생각하는데 업무 파트너는 '성실하고 친근하다'라고 하고 친구는 '온화하고 정이 많다'라고 말하기도 한다.

'자기가 생각하는 자신'과 '타인이 생각하는 자신'이 반드시 일치하지는 않는다.

사실을 말하자면 '자기 자신'이란 원래 잘 모르는 것이다.

불교에서는 '자신'은 존재하지 않는다고 한다. 아무리 찾고 원해도 '이것'이라고 하는 것은 없고, 이해하려 해도 할 수가 없다. 그런데도 우리는 '자아 찾기'를 한다.

맹자는 "길이 가까이 있어도 멀리서 구하는구나"라고 했다. 자신의 있을 곳과 진짜 자신은 '여기'에 있다. 여기밖에 없다. 공상 속으로 떠나더라도 자기 자신을 잘 모르기 때문에 그 사실이 좀처럼 와닿지 않는 것이다.

이렇게 '자아 찾기'의 미로에서 헤매지 않으려면 한번 제대로 '자아 찾기'를 해 보는 게 좋다고 생각한다.

사람들과 만나지 않고 집에 틀어박혀서 생각해도 좋고, 마테를링크의 동화 〈파랑새〉처럼 '분명 어디엔가 있을 거야'라고 믿고 찾으러 가 보는 것도 좋다.

납득이 갈 때까지 진지하게 찾아보는 것이다. 대충 해서는 안 된다.

그리고 '자아 찾기'를 하고 '내가 있을 곳과 나 자신'에 대해 철저히 생각한 다음에는 멀리서 이상을 찾으려 하던 나를 멈추고, 공상을 잊어버리자. 파랑새는 의외로 내 주변의 새장 속에 있는 것이다.

'자아 찾기'가 하고 싶어지는 때란 현실을 보고 싶지 않은 때다.

막연히 먼 곳을 보지 말고 지금을 바라보고 집중하면 공상은 없어지게 돼 있다.

역할에 몰입한다

책을 읽다 보니 아침이 돼 버렸고, 좋아하는 과자 만들기를 하다 보니 해가 저물어 있다. 공들여 프로젝트의 기획서를 만들다 보니 어느 사이엔가 세 시간이 지나갔다.

이럴 때 시간은 눈 깜짝할 사이로 느껴진다.

한편 싫은 일을 하고 있을 때나 혼날 때, 병원에서 마냥 기다리고 있을 때는 시간이 느리게 가는 것처럼 느껴진다.

그렇다. 나도 수행을 시작했을 때는 "어휴, 이 좌선, 아직도 안 끝났네" 하고 시간이 길다며 투덜거렸다.

연말이면 사람들은 "금년 한 해도 눈 깜짝할 사이에 갔네",

"해마다 1년이 가는 게 빨라지는 느낌이 들어"라고 말한다.

1일 24시간이고, 1년 365일인 것은 바뀌지 않는데 어릴 때와는 체감 시간이 다르다.

'시간을 잊는다'는 것

시간은 바뀌지 않는데 빠르게도 느리게도 느껴진다. 그것은 현재에 집중하고 있는가 아닌가에 따라 다르다. 눈앞에 있는 것에 집중하고 있으면 시간 같은 것은 잊히고 눈 깜짝할 사이 지나가 버린다. 반대로 '싫다. 빨리 끝나지'라며 시간에만 신경 쓰면 느릿느릿 지나간다.

'빨리 끝내고 싶다', '이 시간이 빨리 지나가면 좋겠다'는 생각이 들면 눈앞의 일에 집중하자. 업무를 볼 때는 싫다고 생각할 틈이 없을 정도로 진지하게 몰두하고, 훈계를 받을 때는 말의 내용을 하나하나 외우려는 듯이 듣고, 뭔가를 기다려야 할 때는 그냥 멍하게 있지 말고 주위의 상황을 오감으로 관찰해 보자.

이것만으로도 시간을 보내는 방법이 크게 달라진다. '싫다', '지루하다', '별 볼 일 없다'라고 생각할 짬이 없다.

75분의 1초

당연하지만 우리는 살고 있다. 그럼 언제를 살고 있는 걸까? "지금이지"라고 대답할 것이다. 그럼 '지금'은 무엇일까?

예를 들어 '이제 40세입니다'라는 것은 앞의 40년은 과거라는 뜻이다.

앞으로 몇 년을 살지 모른다. 어쩌면 내일, 수명이 다할 수도 있다. 아니, 우리는 몇 시간 뒤나 한 치 앞의 일도 알지 못한다.

이 한순간이 '지금'이고 지금은 즉석에서 과거가 된다. 우리는 한순간 한순간의 지금을 살고 있는 것이다.

불교 용어 중에 '찰나'와 '영겁'이 있다.

'찰나'는 한순간과 같이 극도로 짧은 시간을 의미한다.

75분의 1초가 '찰나'라는 설도 있고, 손가락을 한 번 튕기는 시간의 65분의 1이 '찰나'라고 하는 설도 있는데, 어쨌든 눈 깜짝할 사이라는 뜻이다.

'영겁' 혹은 '겁(劫)'은 반대로 말도 안 되게 긴 시간의 단위다. 여러 설이 있지만, 3년에 한 번(100년에 한 번이라는 설도 있다) 선녀가 내려와 날개옷으로 사방 20킬로미터 정도의 바위를 스치는데, 이 바위가 닳아 없어질 때까지의 시간을 한 번의 '겁'이라고 한다.

정말 영원처럼 느껴지는 긴 시간도 결국 그것은 의식 안에 있는 것이고 우리는 '지금'만 살아가고 있다. 과거도 미래도 아니다. 우리에게 있는 것은 '지금'뿐이다.

생각 없이 산다

'이 일은 앞으로 3년은 걸립니다.'

'기술을 몸에 익히는 데 적어도 10년이 걸리겠죠.'

이런 말을 들으면 앞길이 턱없이 멀게 느껴지고 끝이 보이지 않으므로 할 마음이 사라진다.

현실에 충실하면 시간은 잊힌다.

인간은 즐겁고 기분 좋은 쪽으로 마음이 끌리므로 '힘들 것 같다'는 생각이 드는 순간 현실과 마주 보기가 싫어지는 법이다.

그럴 때는 마음이 어떤 상태에 있는가가 중요하다.

수행 중에 일주일 동안 밤낮 없이 좌선하는 과정이 있다. '일주일'이라고 하면 '길다'라는 생각부터 들지만 한번 맞붙어 보면 이 역시 한순간 한순간의 축적이다. 그 한순간에 무엇을 하는가, 그 한순간에 어떻게 집중하는가가 중요하다.

그럼 어떻게 집중할까? 앞서 인간관계에 대한 장에서도 이야기한 방법이지만 집중에도 자신의 역할을 연기하는 방법이 주요하다. 완전히 그 순간의 역할에 전념하는 것이다.

우리에겐 매 순간마다 주어지는 역할이 있다. 학생이라면 공부나 동아리 활동 등을 열심히 하고, 회사원이라면 부서의 업무를 본다. 집에 돌아가면 부모로서의 역할이 있고 친구 앞에서는 친구로서의 얼굴이 있다.

그 밖에도 청소하는 나, 쓰레기를 버리는 나, 목욕하는 나, 밥을 먹는 나 등등 그때마다 여러 가지의 내가 있다.

그 역할을 열심히 연기하는 것이다. 그야말로 시간 같은 건 생각나지 않을 정도로 철저히 부모로서의 나, 청소하는 내가 되어 보자.

이것이 '몰입'이다. 즉, 생각이 없어지는 것이다.

몰입하면 시간 같은 건 신경도 쓰이지 않는다. 시간이 빨리 가는지 늦게 가는지 알아차릴 틈이 없다. 그저 한순간에 집중한다. 그것이 '지금을 사는 것'이라고 할 수 있다.

꽃을 떠올려 보자. 공원의 매화나 벚꽃처럼 눈에 띄는 곳에서 사람의 마음을 즐겁게 해 주는 꽃도 있고, 아무도 알아차리지 못할 깊은 산속이나 골목 구석에 살포시 피어 있는 꽃도 있다.

그 꽃이 '화려하게 피어서 사람들을 기쁘게 해 줘야지'라든가 '이 아름다움으로 나를 돋보이게 할 거야'라고 생각하고 피었을까? 꽃은 그냥 거기에 있고 자신의 역할을 다하는 것뿐이다. 그러므로 아름다운 것이다.

우리도 잡념을 잊고 '생각 없이' 지금에만 집중할 수 있으면 꽃처럼 아름답게 살아갈 수 있다.

끝내
해내리라

살아 있는 동안 적어도 한 번은 넘어가지 않으면 안 되는 벽과 마주치게 된다.

어떻게 그 벽을 넘을 수 있을까?

강한 의지가 있어야 하지 않을까 한다. '이 길이 가야만 하는 길'이라고 믿는 신념이 목표를 향해 나아가게 하는 힘이 된다. 믿고 굳건히 전진해 가는 것이다.

한 승려가 두 갈래로 갈라진 길에 다다라 길옆의 찻집 아주머니에게 길을 물으니, '곧바로 쭉 가세요'라고 답했다고 한다. 결과를 생각할 틈이 없을 정도로 곁눈질하지 말고 곧

장 전진하라는 뜻이다.

'도착하기는 하는 건가?', '제대로 가고 있는 건가?' 같은 생각을 할 틈도 없을 만큼 오로지 전진해 가는 것이다.

목표가 클수록 '되면 좋을 텐데', '가능한 한 해 보죠' 같은 어중간한 마음으로는 달성할 수 없다.

신념과 운

길을 끝까지 가려면 강건한 신념뿐 아니라 '운'도 있어야 한다.

운이라고 하면 보통 '우연한 행운'이나 '있는지 없는지도 모르는 것'이라고 생각할 것이다. 그러나 우리는 이 '운'으로 태어났다고 해도 과언이 아니다.

원래부터 사람은 원하는 장소나 상황을 골라서 태어나지 않았다.

거기에는 사람 아닌 어떤 것의 재량이 관여했다.

그 보이지 않는 힘을 신이라고 부를지 하늘의 뜻이라고 부

쓰레기통 저기 있다~!

내가 벌판에 있는 이유가 있겠지…

휭~

를지 모르지만, 세상에 태어난 것만으로도 '운이 있었기 때문'이라고 할 수 있다.

친구나 스승과의 만남, 결혼 상대와의 만남에도 보이지 않는 힘이 강하게 영향을 미친다. 이것은 인간의 힘으로 되는 게 아니다.

'왜 이런 집에 태어났을까', '어째서 이런 시대에 태어난 걸까'라고 아무리 생각해도 해결되지 않는다. 이유가 없으니까. 그런데도 '너는 좋겠다', '저 사람과 비교하면 난……' 하는 식으로 삐뚤게 생각하면, 인생을 허무하게 보내게 된다. 쓸데없는 것은 생각하지 말고 자신의 운을 받아들이는 수밖에 없다.

나도 내 운을 받아들이고 있다. 절의 자식으로 태어난 시점부터 나에겐 직업 선택의 자유가 없었다. 이것을 불행이라고 부를지 아니면 행복으로 받아들일지는 내가 하기 나름이다.

옆집 사람을 보고 '좋네', '부럽다'라고 말해봤자 소용없는 일이다. 사람은 모두 보이지 않는 것의 영향을 받고 있다.

지금을 감사하기

이제 '눈에 보이는 것'은 '눈에 보이지 않는 것'으로 만들어진다는 사실을 알아주었으면 한다.

예를 들어 연인은 '애정'이라는 눈에 보이지 않는 감정으로 연결된 관계다. 직장 일은 당신과 누군가의 '신뢰'로 이루어진 것이다. 가족은 조상부터 생명을 이어받아 온 역사가 있어서 지금 있는 것이다.

우리가 사는 세계는 이 보이지 않는 것의 비율이 더 높을 것이다. 형태가 있는 것은 보이지 않는 것으로부터 태어난다. 보이지 않는 만큼 우리 힘으로는 어쩔 수 없다.

그래서 우리는 기도하게 되는 것이다.

"얼굴도 모르는 조상에게 비느니 지금 눈앞에 있는 자식의 운동회에 가겠다"라고 말하는 사람도 있다. 그러나 이것을 '조상이 있음으로써 지금의 내가 있다'고 바꿔 생각해 보면 어떨까?

그렇게 해 보면 보이지 않는 힘에 감사하는 기분이 솟아나지 않을까?

감사하는 마음은 앞으로 뭐가 되게 해 달라고 바라는 마음과는 다르다. 진심 어린 기도, 그 자체가 중요하다.

슬프게도 우리는 지금 이런 자세를 점점 잃어가고 있다.

현실을 '보이는 것의 세계뿐'이라고 생각하는 사람은 언젠가는 막다른 길에 다다르게 된다.

보이지 않는 힘에 대한 감사와 경의, 기도가 없어지면 자연히 눈에 보이는 것도 영향을 받기 때문이다.

보이지 않으니까 없는 것이 아니다. 보이지 않아도 거기에 있음을 깨닫고, 보이지 않는 힘이나 운을 받아들이며, 거기에 감사하고 기도하는 마음이 필요하다.

이것이 흔들림 없는 '부동심'을 갖추는 비결이다. 그렇게 하면 신념을 굽히지 않고 곧게 전진해 갈 수 있다.

괜찮다. 꼭 잘될 것이다.

뭔가 큰일을 이루고 싶다면 그 대의를 믿자. 쓸데없는 것은 잊고 자신의 신념을 밀고 나가는 것이다.

'부동심'이 있으면 결과는 저절로 맺어진다. 성공해도 실패해도 그것이 지금의 자신이다.

흔들림 없는 신념으로 앞만 보며 나아가며 보이지 않는 힘을 받아들이자.

이 자세가 있으면 반드시 해낼 수 있다.

적당히 해도 좋다

나는 적당히 하는 사람이다.

물론 맡은 일에는 성실하고 진지하게 임하고 가족도 성심껏 대하고 있다. 다만 마음속 어딘가에서 '어떻게든 되겠지'라고 생각하고 있는 것은 분명하다. 아니, '될 대로 되겠지'라고 말하는 편이 가까울지 모르겠다. 그래서 적당히 하는 사람이라고 하는 것이다.

그것은 결코 아무렇게나 되라는 의미가 아니다. 노력은 하고 나서 마지막에 가서는 '어쩔 수 없다'고 생각하는 것이다. 모든 것에 책임을 진다고 해도 결과가 어떻게 될지는 모르는 일이다.

그렇기에 도중에는 결과를 생각하지 않는 편이 좋다. 결과를 잊어버림으로써 쓸데없는 에너지를 소모하지 않으면서 해야 할 일에 힘을 쏟을 수 있다.

마음의 여유가 가져오는 것

직장에서 열심히 연구하고 최선을 다해 준비한 프로젝트라고 해도 반드시 성공한다고 보장할 수는 없다.

연애할 때 상대를 깊이 생각하고 아무리 소중히 여긴다 해도 이별이 찾아오는 건 어쩔 수 없다.

'이건 재미있어하겠지' 하며 열정적으로 SNS에 올린 것이 오히려 '좋아요'를 못 받기도 하는 등 예상을 벗어나는 일들이 생긴다.

생각대로 되지 않는 것이 인생이다. 그렇다면 마음을 굳게 붙잡고 자신을 믿고 나가는 수밖에 없다.

'전부 내 책임'이라고 자기중심이 되는 것은 좋지 않지만,

마음을 강하게 갖지 않으면 이것저것 생각에 휘말려 결국은 아무것도 이룰 수 없게 되고 만다. 그리고 결과가 나왔을 때는 '뭐, 이런 거지' 하면서 받아넘기고, 끝나면 잊어버릴 정도의 '마음의 여유'가 있어야 한다.

그 정도 각오하는 것만으로도 '이 정도 했으니 무슨 일이 생겨도 그건 어쩔 수 없는 거야'라는 마음의 여유가 생긴다. 자신을 믿고, 쓸데없이 헤매지 말고 이제까지 해낸 것은 내려놓고 잊어버리는 게 최고다. 궁극적으로 '자신이 하는 일에 책임감은 가지되, 남이 어떻게 말하는가는 상관없다'는 경지에 이르러야 한다.

잘하지 못하는 나를 받아들여라

잘하지 못하는 나를 받아들이라고 하면 다들 조금씩 불안해한다. 자신을 강하게 믿고 있더라도 타인에게 비판받으면 풀이 죽어 버린다. 자신감은 실패가 거듭되면 흔들리고, 질책을 받으면 없어지고 만다.

그럼 이 '자신감'이란 무엇일까?

자신감에는 '난 뭐든지 할 수 있어', '난 굉장해', '꼭 잘될 거야'라는 신념이 들어 있다. 타인과 비교해 자기가 우월하다는 자신감이다.

그래서 회사에서 면접을 볼 때 이런 말을 자주 듣는다.

"저는 협동심에는 자신 있습니다."

"이 상품이라면 어디서든 지지 않을 자신이 있습니다."

불교에서도 자주 '자신(自信)이 없으면 안 된다', '자신을 가져라'라고 말하는데, 이것은 일반적으로 쓰이는 '자신'과는 조금 다르다. 그것은 결과가 어떻게 되더라도 지금의 나, 진정한 나를 믿는 것을 말한다.

좀 더 이야기하면 생각보다 잘 못하는 나, 별 볼 일 없는 나를 믿고 가는 것이다.

그런데 많은 사람들은 스스로 '이 정도는 할 수 있어', '이 정도 실력은 있어'라고 본래 크기보다 부풀려 '잘하는 자기'를 만들어 내고는 그것에 사로잡히곤 한다.

그러다가 실력이 자기보다 높은 사람과 만나면 '자기는 별

하얗게 불태웠으면
됐어…
조금
남았지만…

것 없었다'며 침울해한다.

지금의 나를 정확하게 인정할 수 있다면 '안 된다'라고 자기를 부정하는 일도 없을 것이고, '지금의 내 기량은 이 정도지' 하고 솔직히 현실을 받아들일 수 있게 된다.

완벽이란 누구에게도 불가능이다. 자기의 진정한 크기를 모르는 채 자만하면 일이 생각만큼 잘되지 않을 때 불안과 두려움으로 이어진다.

그래서 자기를 받아들이는 것이다.

바다는 세계의 그 어떤 강도 받아들인다. 그런데 바다 자체는 아무것도 바뀌지 않는다. 그런 바다처럼 커다란 마음으로 어떤 수준의 자신이라도 받아들이자.

'뭐, 됐어'와 '그거면 돼'

이러한 나 자신의 크기, 말하자면 '인간으로서의 그릇'이 크고 작음에 따라 똑같은 경험을 해도 얻는 것이 다르다.

마음을 씻어주는 듯한 이야기를 듣고, 좋은 책을 읽고, 존경받는 인물과 만나도 그 훌륭함을 이해 못 하는 사람에게는 아무것도 전해지지 않는다.

나 역시 그랬다. 유치원생이 대학교에 가서 강의를 들으면 전혀 이해할 수 없듯이 수행 도장에서 처음 스승의 이야기를 들었을 때는 무슨 이야기인지 알아들을 수 없었다.

인간은 자신의 허용 범위 안에서만 이해할 수 있다. 또 경험한 적이 있는 이야기, 흥미 있는 이야기만 듣는다. 즉, 우리는 나 자신의 크기에 맞는 화제 속에서 살고 있다.

또 반대로 도움이 되는 강연을 들으면 금방 영향을 받고 자신도 뭔가 변화를 만들 수 있을 듯한 기분이 들기도 한다.

그래도 실제로 바뀌는 것은 아무것도 없다. 진정 감동했다면 시간을 들여 그것을 피와 살이 되게 만들어야 한다.

똑같은 그림을 보고 오랫동안 빠져드는 사람도 있는가 하면 전혀 흥미를 보이지 않는 사람도 있다. 보고 있는 세계, 듣고 있는 세계가 다른 것이다.

어느 정도까지 자기의 감성을 닦을 수 있는지와 마음의 수준을 높일 수 있는지에 따라 인생이 얼마나 풍요로울지가 달라진다고 말할 수 있다. 감정의 여백을 늘리면 자신의 허용 범위를 넓힐 수 있다.

"뭐, 됐어"라고 생각할 수 있는 여유와 "그거면 돼"라고 말할 수 있는 자신감 그리고 스스로의 크기, 즉 됨됨이의 그릇을 조금씩 넓혀가면 불안이나 두려움을 잊을 수 있다. 부정적인 사고마저 감쌀 수 있기 때문이다.

스스로를
믿는다

요즘 뭔가를 하고는 싶은데 '자신'이 없다고 하는 사람이 늘고 있다.

불교에서 '자신'이란 앞서 언급했듯이, 자신을 믿는 마음이다. 성공을 목표로 두고 '나라면 할 수 있다'고 말하는 식의 능력이나 우위성을 말하는 것이 아니라, '결과에 구애받지 않고 우선은 해내려는 의지'다.

정면으로 과제에 부딪혔을 때, 스스로 어떻게 해결할지 고민하고, 무엇을 해야 하는지 정하고, 다음 단계로 해내 가는 것이 '자신감'인 것이다.

하늘의 뜻

실패해도 괜찮다.

결과에 집착하고 실패를 두려워하기 시작하면 끝낼 수 있는 것조차 어렵게 돼 버린다.

가령 어떤 일에 착수하면서부터 '이 기획은 실패할 거 같다'고 생각하면 지속하기 힘들다. 실패하는 모습을 상상하다가 질책받기 싫어 대충 중간에 포기할지도 모른다.

게다가 자신 있게 성공의 이미지를 그리던 사람일수록 그것이 깨졌을 때 깊은 상처를 받는다.

더러는 트라우마가 생겨 두 번 다시 뭔가와 맞붙을 의욕이 나지 않게 될지도 모른다.

반대로 결과는 차치하고 '우선은 해내자'라고 생각하는 사람은 실패에 구애받지 않는다. 결과보다 전력으로 전진하는 것을 우선한다. 지금 해야 하는 일에만 집중하는 것이다.

부친의 스승은 "사람이 할 수 있는 것을 다하고 하늘의 뜻을 기다리는 것이 아니라, 할 수 있는 것을 다했으면 하늘의 뜻을 따르는 거다"라고 자주 말씀하셨다고 한다.

실패하면 실패한 대로 그런 자기를 믿고 받아들여야 한다. 그것이 내가 말하는 '자신'이다.

진정한 자신감은 '실패도 포함해서 최후까지 그것을 해내려는 마음'이다.

언제나 '성공하리라'고 믿는 것이 아니라 '끝까지 해내는 나'를 믿는 것이다.

참된 자신감

요즘은 칭찬을 통해 자녀에게 자신감을 붙여 주는 교육이 주류다.

자녀뿐 아니라 사회인도 되도록 칭찬하며 키우는 것이 좋다고 한다. 심하게 질책하고 비난하면 아예 그만두어 버리기 때문에 젊은 세대를 야단치는 게 상당히 어렵다는 고민을 가지고 온 사람을 상담해 준 적도 있다.

칭찬하는 것 자체는 나쁜 일이 아니지만 모든 칭찬이 좋은 것은 아니다.

괜찮아
주우면 돼...

나는 어릴 적에 가정에서도 학교에서도 혼만 났다. 특히, 집이 절이었기 때문에 여러 가지 규율이 많아서 부모에게 칭찬받기가 어려웠다.

수행할 때도 한결같이 스승에게 혼나기만 했다. 앉아 있어도, 걷고 있어도 화를 내셨다. 자세가 안 되어 있다는 이유였다.

다만 그 경험 덕에 일상의 자세, 행동거지, 주변에 대한 배려 등을 몸에 익힐 수 있었다. 또 뭔가 새로운 것과 만났을 때는 처음에 잘 안되더라도 포기하지 않고, 하나씩 하나씩 똑바로 보고 극복함으로써 나아지려 했다. 그래서 '언젠가는 목표를 달성할 수 있다'라는 생각을 하게 됐다.

나 자신을 믿는 자신감이 붙은 것이다.

그럼 칭찬하는 교육이란 어떤 것일까?

확실히 긍정적 마인드는 모든 일에 의욕을 갖게 해 주는 동기가 된다. 그러나 칭찬받기만 하면 '난 할 수 있다'는 마음만 자라나는 바람에 성공의 이미지만 새기게 되는 건 아닐까 한다.

성공의 이미지만 강하게 가지고 있으면 그 반동으로 실패했을 때 크게 상처받는다.

거기에다가 뭐든지 할 수 있다고 한번 생각해 버리면 진짜 자기 실력을 인정하는 것이 괴로워진다.

중요한 것은 설령 도중에 실패했다 하더라도 최후까지 해내고 결과를 받아들이는 '진짜 자신감'을 키우는 것이다.

마음을 정리하기

자신감과 함께 중요한 것이 '조화'다.

마음의 조화가 이루어지지 않으면 믿었던 길로 똑바로 나아갈 수 없다.

어느 대형 음료 회사가 적자가 계속돼 실적이 바닥이었다. 당시는 제조 부문과 마케팅 부문, 영업 부문 각각의 의견이 전부 달라서 서로 책임을 떠밀고 있었다.

"이런 훌륭한 상품을 만들었는데, 팔리지 않는 것은 영업 탓이다."

"무슨 말이냐. 제조 부문에서 제대로 팔릴 것을 만들었으면 팔렸지."

"마케팅에서 하라는 대로 만들었는데, 안 팔리잖아."

각 부서의 관계는 점점 멀어져 가기만 했다.

그러다 보니 회사는 위기를 맞았고 처음으로 여러 부서의 대표가 속을 털어놓고 얘기해 보기로 했다.

얘기를 하다가 보니 필요 없는 책임 전가를 잊어버리고 서로 의견을 교환하게 되었다.

그 후 모두의 생각이 조화를 이룬 덕분에 폭발적인 히트 상품이 탄생했고 경영은 회복되었다고 한다.

마음을 정리한다는 것

사람의 마음속에서도 이 회사의 각 부서처럼 여러 가지 생각이 넘치고 있다.

'이대로 일을 진행하면 되는 걸까?'

'나에겐 해야만 하는 다른 일이 있는 거 아닐까?'

아마도 이러면 쓸데없는 생각이나 필요 없는 계획을 세우

한 쪽으로만
쏠리면
넘어진다고!

고 있을 것이다.

고민이나 불안이 마음속을 오가면 '평상심'을 유지하기 힘들다. 그러면 해야 할 일을 관철할 만한 자신감을 도저히 가질 수 없다. 마음속이 정리되고 조화가 이루어져야 생각이나 행동이 전부 같은 방향을 향한다.

일상생활에서 조화를 찾는 방법으로 참선은 유용하다. 앞에서 말한 대로 의자에 앉아서 눈만 감아도 좋다. 잠깐 시간을 내 마음을 정리하는 것이 중요하다.

염려가 아닌 배려

마음의 조화를 찾으면 생겨나는 효과는 그 밖에 또 있다. 마음의 상태가 '배려'로 나타나는 것이다.

일본의 유명한 선승이 남긴 말씀이 있다.

"염려가 아니라 배려를 해라."

우리의 일상적인 행동에서 얼마나 남을 위해 마음을 쓰고 있는가가 여실히 드러난다.

어떤 의미에서 수행의 결과가 얼마만큼 쌓였는지도 마음 씀씀이를 보면 알 수 있다.

예를 들어 내가 10년 정도 수행한 절에서는 목욕 후 남는 물을 청소에 사용했다. 우선 물을 목욕탕에서 양동이에 길어 오는데, 이런 행동도 사람에 따라 큰 차이가 난다.

생각이 세심한 사람은 양동이를 바닥에 두고 바가지로 퍼서 물을 채우지만, 생각 없는 사람은 양동이를 그대로 풍덩 욕조에 담가서 물을 담는다.

"나중에 너도 들어갈 목욕물이다"라고 충고해도 아무렇지 않은 얼굴로 "어때요? 어차피 또 청소할 텐데"라고 말한다.

그런 사람은 부엌에서 채소를 썰어도, 쌀을 씻어도 역시 어수선하다. 수행에서도 그것이 드러난다. 경전을 읽는 것이나 종 치는 것 등이 하나같이 어수선하다.

어수선한 사람은 쭉 어수선한 채여서, 이 사람이 절을 이어받으면 어수선한 절이 될 것이다.

마음의 조화가 잡혀 있지 않으면 좋은 행동이 나올 수 없고 집중하려 할 때의 마음 자세도 영향을 받는다. 끝까지 해내는 사람은 마음의 조화가 이루어져서 동작 구석구석까지 배려하는 사람이다.

바쁜 나날을 보내는 중이라도 의식적으로 마음을 조용히 가라앉히는 시간을 가져 보자.

자신감을 가지고 어떤 일에도 조화롭게 몰두할 수 있다면 도전하는 일 하나하나를 착실히 몸에 익혀 가며 성장할 수 있을 것이다.

5장

'잊기'를 잊기

'잊자, 잊자' 하지 않는다

지금까지 잊는 비결을 이야기해 왔지만, 원래 인간은 무의식중에 나쁜 일을 잊으려 한다고 한다. 그래서 나이가 들면 즐거운 일만 기억하는 것인지도 모른다.

싫은 일을 잊는 것은 자기방어 본능의 하나다. 나쁜 기억은 옅어지고 행복한 기억만 남는다. 잊어버리는 것은 결코 나쁜 일이 아니니까 치유라고도 할 수 있다.

그런데도 '잊는 것'은 '나쁜 것'이라는 이미지가 있다.

'지하철에 우산을 두고 내렸어', '돈을 인출했어야 했는데' 처럼 깜박하는 일은 자주 일어난다. 그런데 '결혼기념일을 잊고 있었어', '오늘 제출할 중요한 서류를 두고 왔네', '신세 진 선생님의 이름이 생각나질 않아'가 되면 문제다.

다만 그런 경우라도 그때 잠깐 잊은 것이지 상대에 대한 애정이나 책임감, 은혜까지 잊은 건 아니다. 그러니까 심각하게 신경 쓸 필요는 없다는 생각이다.

시간이란 약

잊는다는 것의 의미를 "나에게 필요 없고 하기 싫은 일을 신경 쓰지 않는 것"이라고 정의하면 갑자기 긍정적인 이미지가 된다.

'시간이 약'이라는 말이 있다.

괴로운 기분, 나쁜 기억은 결국 시간이 해결에 준다는 의미다.

2장에서 말했듯이 소중한 사람과의 이별은 고통스럽다. 가족 중 한 명이 돌아가시면 그 불행 탓에 비탄에 잠긴다. 오랫동안 함께 생활해 온 사람의 모습이 보이지 않고 목소리도 들리지 않는다.

그러나 남은 사람은 한동안 외로움을 느끼겠지만, 시간이 지남에 따라 슬픔은 옅어지고 치유된다. 이윽고 죽음을 받아들일 수 있게 된다.

잊는 것은 결코 나쁜 게 아니다.

상실의 슬픔과 고통을 잊음으로써 그 사람의 좋은 추억만 가슴에 남기고 지금을 살아갈 수 있다.

잊으려고 하면 할수록 떠오른다

과거는 무리해서 기억할 필요가 없다. 자연에 맡기면 된다. 인간은 나쁜 일을 잊게 돼 있으니까.

말은 그렇게 해도 사실 잊으려고 하면 할수록 잊을 수 없게 되기도 한다. 싫은 일을 잊으려 하는데도 나도 모르게 자꾸 떠올리고 만다는 분도 많다.

그것은 '그 일을 잊자'고 생각할 때마다 다시 떠올려지기 때문이다.

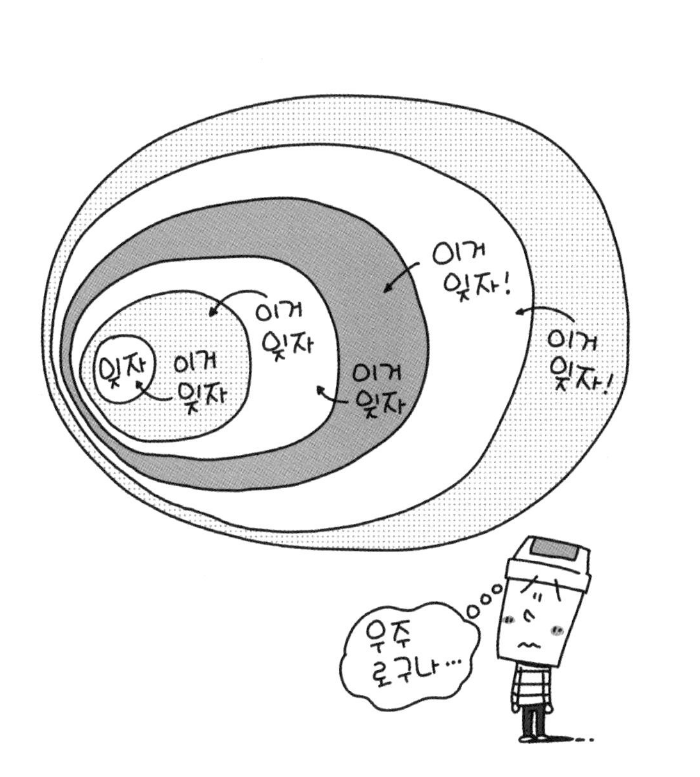
잊자
이거 잊자
이거 잊자
이거 잊자
이거 잊자!
이거 잊자!
우주로구나…

‘잊자, 잊자’ 하면서 자꾸 떠올리면 잊혀질 리가 없다. 간단한 이야기다.

‘상대가 바람을 피워서 아프게 채였다’, ‘속아서 빚을 지게 되었다’와 같은 쓰라린 과거는 좀처럼 잊을 수 없다. 또다시 똑같은 일을 겪고 상처를 입을지도 모른다고 걱정하다가 이성을 겁내게도 된다.

직장에서 맡은 프로젝트가 실패하는 바람에 주변으로부터 비난과 질책을 받고 나면 새로운 프로젝트를 맡을 기회가 와도 자신이 없어 거절하기도 한다. 이번에는 잘될지 모르는데도 다시 도전해서 얻을 수 있을 결과보다 실패한 과거에 사로잡혀 버리고 마는 것이다.

괴로운 경험을 한 다음에는 “그때의 일은 이제 잊으려 하는데요”라고 하면서 자꾸 되돌아본다. 이런 것이 자기 마음에 강하게 ‘괴로움’을 새겨넣는 행동이다.

이를테면 ‘자자, 자자’ 하면서 양을 세거나 음악을 듣거나 하는 것도 ‘잊자, 잊자’ 하는 것과 같은 행동 패턴이다. 그럴수록 잠이 오지 않게 된다. 자려고 노력해서는 안 된다. 노력으로는 잠들 수 없다. 오히려 잠들려고 노력하지 않아야 잠들 수 있다. 마찬가지로 잊으려는 노력도 하지 말자. '뭔가 해보자' 하는 생각에서 멀어져 해방될 때, 잊을 수 있게 된다.

역시 시간이 최고의 약이다.

과거는 과거로서 떨어뜨려 놓고, 잊을 수 있는 날이 올 때까지 자연에 맡겨 두는 것이 하나의 해결법이다.

진정 '잊는다'는 것

잊으려고 무리하게 노력하지 말고 자연에 몸을 맡기고 있으면 결국 '그때'가 찾아온다.

어른이 되면 잊게 될지, 5년, 10년이 지나면 잊힐지 결정된 것은 없다. '얼마가 지나면 이 생각에서 해방될 수 있다'고 정해진 시효가 있는 게 아니기 때문이다.

이제까지 살아온 시간에 의해 자기 안에 여러 가지 기억이 축적되고, 그것이 불안과 초조, 괴로움을 낳는다. 나처럼 소년 시절의 운동 능력만 기억하고 있다가 지금의 체력을 보고는 '이상하다'고 생각하기도 하고, 머릿속에 젊을 때의 잔상이 남아서 새삼 거울 속의 얼굴이나 몸을 보고 놀라기도 한다.

나이라는 것은 과거에 몇 년 살아왔는가를 말하는 수치에 불과하지, 그 수 자체에 의미는 없다.

나도, 막 태어난 아기도, 그리고 당신도 지금 같은 순간을 살고 있다.

그저 시간은 확실하게 지나가고 있으며 그것은 한순간 한 순간의 지금을 반복해 가고 있다.

지금을 살고 있으면 '그때 이렇게 했다면' 하고 후회하고 또 하는 일은 없을 것이다.

지금만 바라본다면 '앞으로 병에 걸릴지도 몰라'와 같이 미래를 불안해할 필요도 없을 것이다.

그것이 진정으로 '잊는 것'이다.

우리가 느끼고 있는 불안 가운데 가장 큰 것이 '미래에 대한 불안'이다. 아이들을 키울 교육비가 걱정이고 병이 날까 걱정이고 노후가 걱정된다. 아직 일어나지 않은 일에 불안을 느끼고 있다.

오늘 먹을 것이 없을 정도로 절박한 상태라면 눈앞의 일만 처리하기에도 벅차다. 어떤 의미에서 '미래가 불안하다'는 것은 아직 여유가 있다는 말이다. 일어날지 어떨지 모르는 것까지 마음을 쓸 수 있으니까.

거꾸로 우리는 조금만 여유가 생겨도 쓸데없는 생각을 한다고도 말할 수 있다.

자기 전에 내일 할 일이 떠오르면 아무래도 초조해진다.

'내일 중요한 회의가 있는데, 잘할 수 있을까?'

그리고 '자자, 자자' 하면서 잠들지 못한다.

내일 일해야 하니 '자자, 자자' 하다가 '아직도 못 자다니' 하면서 지나가 버린 시간을 보고는 '시간이 아깝다'고 생각한다.

미래와 과거를 생각하느라 '자야 된다'는 것에 집착하게 되고 '지금, 여기'에 있는 자기 자신은 보이지 않게 되는데, 역시 중요한 것은 '지금, 여기'를 의식하는 것이다.

또 마찬가지로 '싫은 기억을 잊자, 잊자 해도 잊히지 않아'라든가 '식욕을 참자, 참자 해도 참을 수 없어'와 같은 상태도 집착에서 생긴다. '잊자, 잊자'라고 하는 것은 '도저히 잊을 수 없는 상태'에 집착하는 것이고, '잊지 못하는 자기 자신'에 얽매이는 증거다.

집착이 있으면 불안하고, 생각대로 되지 않는 괴로움을 겪게 된다.

우선 '집착하고 있는 자신'을 인식하고 지금에 집중하는 것만으로 과거도 또는 미래도 잊을 수 있다면, 그것이야말로 사람을 행복하게 만드는 비결이다.

쓸데없는 감정 흘려보내기

불안이란 감정은 성가신 것이어서 대개 점점 크게 부풀어 오른다. 그래서 뭔가 불안하다고 느끼기 시작했을 때 없애 버리는 편이 좋다.

생각해서 해결할 수 있는 것이라면 열심히 생각해서 해결한다. 그러나 아무리 생각해도 별수 없는 것이 세상에는 많다. 그럴 때 불안을 없애는 비결은 그냥 흘려보내는 것이다.

"강이 흘러가는 것을 상상하세요. 거기에 나뭇잎이 흘러가고 있습니다. 그 위에 자신의 불안을 올려 두고 같이 흘려보내 버립니다."

어느 대학 교수가 한 말이다. 하지만 그런 귀찮은 짓은 하지 않아도 된다.

'하나, 둘……' 하고 세다가 마음속에 떠 있던 불안을 '후' 하고 불어버리는 것으로 충분하다.

'그런 게 될 턱이 없어'라고 생각할지도 모르지만 그다지 어려운 일이 아니니 한번 해 보기 바란다.

머리를 가볍게 하는 호흡법

원래부터 불안이란 모양이 없다. 그래서 있게 만들 수도 없고 없게 만들 수도 없다. 그래서 호흡처럼 들이마시고 뱉는 이미지를 떠올려 마음 밖으로 불안을 버리는 것이다. 또 들어오면 다시 뱉어 버리면 된다. 숨 쉬는 것과 같다. 들이마시고 나면 뱉어야 한다. 들이마시기만 하면 숨이 차서 고통스럽다. 불안도 들이마시기만 하면 안 되고 뱉어야 하는 것이다.

호흡과 함께 내보낼 때는 숨을 가늘고 길게 뱉는다고 생각하자. 그렇게 호흡을 거듭할수록 불안이 가벼워져 가는 것을 느낄 수 있다.

아무래도 우리는 숨을 너무 많이 들이마셔서 배가 빵빵해지는 듯하다. 사람은 긴장하면, 평소보다 더 많은 산소를 확보하려 한다고 한다. 불안이나 초조 등 스트레스를 계속 받아들이면 평소보다 많은 산소를 계속 들이마시게 되고 잘 뱉지는 못하게 된다. 그래서 스트레스를 알아챘을 때 '하나, 두울……' 하고 뱉으라고 하는 것이다.

또 한 가지, 감정은 머리로 올라가기 쉽다. 화도 불안도 금방 욱해서 머리로 올라간다. 부정적인 감정을 가라앉히려면 평소에 천천히 숨을 뱉는 연습을 해야 한다.

확실히 사람이 화가 나면 '머리에 피가 거꾸로 솟는다', '머리에 열을 받는다'라고 하고, 연애에 푹 빠져 있으면 '연애에 열을 올리고 있다'라고 표현한다. 우리는 감정이 격해지면 어째서인지 피가 머리로 올라가는 모양이다. 이것을 단전 아래까지 내려서 되도록 머리를 가볍게 하는 것이 중요하다. 좌선이 최적의 방법이다.

뭐 해?
고민 만들어
왜?
버리게…
고민

잡념 털기

좌선의 기본은 몸을 갖추고, 호흡을 갖추고, 마음을 갖추는 것이다.

가부좌를 하고 등을 곧게 펴서 자세를 바르게 하고 호흡에 집중한다. 길고 깊게 호흡하도록 의식하면서 '하나, 두울……' 하고 호흡의 수를 세면서 잡념을 털어 본다. 눈에 보이지도 않는 마음을 가지런히 하는 것이 아니라, 우선 자세를 갖추고 그다음에 숨을 조절한다.

'마음챙김(mindfullness)'도 몸과 호흡과 마음을 갖추는 이 세 가지를 기본으로 한다.

좌선을 처음 하는 사람은 모든 것을 잊고 무가 되고 싶은데 자꾸 여러 가지 생각이 떠오른다며 이럴 때는 어떻게 하느냐고 조바심은 내면서 묻곤 한다. 그런데 잡념을 털어 버리려는 그 생각이 잡념이다.

우리 머릿속에 있는 걸 완전히 버리는 건 좀처럼 할 수 없다. 생각들이 떠오르는 게 지극히 당연하다.

중요한 것은 그런 사고를 쫓아가지 말고, 쓸데없는 감정은 내려놓고 버리고 흘려보내고 잊어 가는 것이다.

좌선이 불안을 없애 준다는 의학적 근거가 있다고 한다. 나는 어느 TV 프로그램에 출연해 번지점프를 한 적이 있다. 나와 그 프로그램의 조감독인 남성이 같이 뛰었는데, 내 심박수와 그의 심박수를 비교해 보니 확실히 차이가 있었다. 그 조감독은 '로프가 끊어지면 어떡하지', '장비가 풀리면 어쩌지' 하면서 점점 불안을 키우고 있는 듯했다. 한편 난 '생각해도 소용없지, 뭐' 하고 딱 잘라 체념하고는 불안을 부풀리지 않고 있었다.

또 다른 실험에서 내 뇌혈류를 측정했다. 보통 사람과 비교해 보니 뇌의 내측전두엽피질 주변과 대상을 객관적으로 보는 부위가 발달했다는 것이 밝혀졌다.

그것은 오랜 기간 좌선 등 명상을 계속해 온 사람의 특징이라고 한다. 좌선을 계속함으로써 뇌가 단련돼 부정적인 감정을 질질 끌지 않고 시간을 발전적으로 보낼 수 있게 된 것이다.

지금 무엇을 해야 할지 알게 해주고, 고민을 스스로 해결하게 도와주는 방법으로 좌선이 효과가 있다는 점은 틀림없다.

고민의 실체 찾기

원래 불안이나 고민은 우리가 멋대로 만들어 낸 것이다. 그런데 사람들은 모든 일에 자기의 기준을 내세우고 그 기준에서 벗어나면 마이너스 감정을 만든다.

'약속했으면, 5분 전에는 와 있어야지.'

'밥은 남자가 사는 거 아니야?'

'추석이나 설에는 친가에 가는 거지.'

'일을 제대로 하려면 야근은 당연히 해야지.'

모든 사람이 '이렇게 해야만 하는 거다'라는 자기 나름의 룰을 가지고 있고 다른 사람도 같은 룰을 따를 것이라고 믿고 있다.

하지만 '그렇게 하지 않으면 안 된다'고 생각하는 사람은 잘 생각해 보면 자기뿐이다. 다른 사람은 딱히 그 룰을 따르지 않아도 그만이다. 약속에 '늦지만 않으면 된다'고 생각하는 사람도 있고 근무 시간 안에서 업무를 잘 해내는 사람도 있다. 사람은 다 제각각이다.

그런데도 상황이 자기 생각과 맞지 않으면 곧 불안을 느낀다. 거기다 나쁜 결과까지 미리 상상하고 두려움마저 느끼는 경우도 있다.

고민에 실체 같은 건 없다. 마음이 멋대로 만들어 낸 환상에 지나지 않는 것이다. 그것을 멋대로 큰일이라고 생각해서 휘둘리는 것은 시간 낭비다. 고민이 생기면 뱉어 버리자.

불안은 언제라도 우리의 마음속에서 생겨난다. 쫓아내도 뱉어 내도 또 불안은 생겨난다.

그렇기에 하나하나 이것저것 생각하지 않는 게 좋다. 담담히 다시 침착하게 뱉어 내고 잊어버리도록 하자.

너무 많은 생각 버리기

"반야심경에는 어떤 귀한 의미가 담겨 있나요?"

이런 질문을 받은 적이 있다. '반야심경'은 《서유기》의 삼장법사로 유명한 현장삼장이 산스크리트어를 한문으로 번역한 것이다. 그런데 마지막 부분은 번역하지 않은 채 그대로 두었다. 그 부분을 '진언(眞言. 진실이 담긴 신비한 어구)'이라고 하는데 말 자체에 영묘한 힘이 있다고 믿었기 때문이다. 의미를 몰라도 그냥 읽는 것만으로도 좋다고 생각했던 것이다.

그런데도 의미를 알려고 한다.

지금은 사람들이 모두 스마트폰을 가지고 다닌다. 그래서 모든 것의 의미를 곧바로 알아보려고 한다.

그리고 행동에도 의미를 붙이고 싶어 한다. 하지만 그저 해 보기만 해도 좋은 행동이 있다. 우선 해 보는 것이다.

'해 본다'라는 우직한 자세가 필요하다.

문제는 해결해야만 하는가

우선 해 보자는 마음은 일상생활 중에도 중요하다.

어떤 좌절을 계기로 점점 인생이 나쁜 쪽으로 굴러갈 때가 있다.

'실패', '배신', '상처', '야단', '무시' 등의 일을 당하면 괴로우니까 사람은 현실에서 도망가고 싶어 한다. 그리고 '생각하지 말자', '떠올리지 말자'라고 다짐한다. 경우에 따라 괴로움에서 눈을 돌리려고 도박이나 술과 같은 쾌락에 빠지기도 한다.

이렇게 마음속에서 소화하지 못한 생각 탓에 생활이 변하고 점점 마이너스가 된다면, 마음의 문제를 해결하기 전에 일상생활부터 정리해 보는 게 좋다. 규칙적이고 리듬이 있는 생활을 해 보는 것이다.

절에서 내 일상은 이렇다. 아침 4시 반에 일어나, 5시에 타종을 한다. 그때부터 독경을 하고, 7시까지 좌선을 하고, 그러고 나서 아침 준비를 한다. 아침밥은 8시 정도에 먹는다. 낮에는 청소를 하거나 법회를 열기도 한다. 또 밤 12시 전에는 자고 싶어서 어떤 모임이 있어도 10시 반에는 돌아간다.

대개 이런 페이스를 지키고 있다. 신경 써서 규칙적인 생활을 하는 것이 쓸데없는 고민에서 해방되는 방법이다.

규칙적으로 생활함으로써 '또 늦잠 잤다', '벌써 낮이네', '여태 뭐하고 있었지', '왜 이렇게 살지', '난 역시 뭘 해도 글렀어'라고 연속적으로 쓸데없는 생각을 하는 굴레에서 벗어날 수 있다.

아침에는 상쾌한 공기를 들이마시고 일찍 하루를 시작한다. 삼시 세끼는 정해진 시간에 먹는다. 밤에는 되도록 같은 시간에 잠든다. 이렇게 똑같은 행동을 반복하는 가운데 생활의 리듬이 생긴다.

또 한 가지, 자기 직전까지 스마트폰으로 뉴스나 SNS를 보는 것은 권하지 않는다. 그런 습관은 좋은 수면을 확보하지 못하게 하고 낮 동안의 집중력에도 영향을 미친다.

당장 생활을 바꾸는 것은 어렵지만 리듬이 생기기 시작하면 신기하게도 저절로 마음이 정리돼 간다. 청소는 '움직이는 좌선'이라고 불린다. 몸을 움직여 청소를 하면, 깨끗해져 가는 주변을 보면서 쓸데없는 생각도 하지 않게 된다. 주변이 정리되는 것으로 마음도 정리돼 가는 것이다.

좌절할 것 같다는 기분이 들 때, 괴로움이 스멀스멀 올라올 때, 기본적인 생활로 돌아가 본다. 정리하다 보면 마음이 차분해지고 새로운 과제나 목표에 도전할 기력이 솟아날 것이다.

'편리' 뒤에 '불편'이

우리의 생활은 놀라울 정도로 편리해졌다.

예를 들어 전국을 하루에 왔다 갔다 할 수 있게 됐다. 단시간에 이동할 수 있다는 것은 편리한 일이다. 다만 한편으로는 하루 스케줄이 빈틈없이 빡빡해졌다. 이제 출장을 가서 여유 있게 돌아다니는 작은 사치는 거의 없어졌다.

이것이 과연 편리한 것일까? 보기에 따라서는 마치 시간에 지배당하는 듯하다. 늘 시간을 염두에 두어야 하기에 어떤 의미에서는 '불편'이라고도 말할 수 있다.

편리함의 뒤에는 이러한 불편이 숨어 있는 것이다.

예를 들어 SNS 서비스 중에 상대가 읽었는지 표시하는 기능이 있는 것이 많다. 그래서 언젠가부터 일상생활 중에 상대가 답을 주길 당연히 바라게 됐다.

'걱정해서 메시지 보냈는데, 왜 답이 없는 거야?'

'읽었으면 바로 답장을 해야지!'

이러면 메시지를 받은 쪽에서는 '답장해야만 한다'는 의무감이 생겨난다. 그런 심리적인 압박이 불편인 것이다.

이러한 불편은 인간의 욕구가 표면화될 때 나타난다.

'회사로서는 출장은 되도록 당일치기로 끝냈으면 한다.'

'어차피 출장 가는데 가능한 한 많은 고객에게 인사하고 싶다.'

자주 안 비우려고 쓰레기통을 키우면
버리는 양도 늘어난다.

'메일을 보낼 거면 한마디가 아니라 다른 것도 써 주지.'

'이모티콘으로 분위기 좀 내지.'

자신과 상대에게 자꾸 좀 더 바라게 되고 갑자기 괴로워지고 만다. 그래서 편리 뒤에 불편이 있다는 것이다.

변하지 못하는 두려움

세상은 무서운 속도로 변해 가고 있다. TV나 냉장고 등 가전제품이나 게임기, 휴대폰 등을 10년 전 것과 비교해 보면 잘 알 수 있다.

마찬가지로 인간인 우리도 해를 거듭할수록 성장한다. 여러 가지 지식을 얻고 경험을 쌓고 많은 사람과 만나고 영향을 받으며 사고방식이 바뀌는 것은 당연하다.

생각과 목표가 10년 전과 완전히 똑같다면 그것이 오히려 이상하다. 성장하고 있지 않다는 얘기다.

그래서 '저 사람은 말하는 게 자꾸 바뀌니까 신용할 수 없어'라는 말은 넌센스다. 만약에 정치가나 경영자의 발언이

10년 전과 조금도 바뀌지 않았다면 국가도 사회도 정체돼 있는 것이다.

보통 신념은 미덕으로 받아들이고 말이 바뀌면 모순으로 받아들인다.

게다가 요즘은 책이나 블로그, 동영상 등에 한번 말한 것이 남아 있으므로 말이 바뀐 것을 누구라도 체크할 수 있다. 이것도 편리함이 넘치는 세상에서의 불편이라고 할 수 있다.

우리 생활을 편리하게 만들어 주는 것들이나 서비스는 동시에 불편함을 가져오는 존재다.

'이 편리한 것을 나는 어떻게 다룰 것인가?'

'나한테 진정 이게 편리일까?'

이런 질문이 필요하다. 그리고 그 '편리한 것'을 통해 상대에게 뭔가 바라는 것을 그만두자. 편리함에 휘둘리고 있다고 느낀다면 조금 거리를 두자.

그러려면 현명하게 불안이나 고민이 커지지 않도록 쓸데없는 것을 능숙하게 버리고 잊어버려야 한다.

앞으로 또 어떤 편리한 것이 생겨난다 해도 반드시 거기에 불편한 면이 있을 것이다. 이것을 이해하지 못하면 그것에 휘둘려 시간과 에너지를 헛되이 쓰기 쉽다.

옳은 것은 없다

선택의 갈림길에 섰을 때, '어느 것이 옳은 것인가' 하고 생각할 때가 많다.

나는 승려가 되기로 마음을 정하고 수행 도장에 갔는데 아버지와 스승의 생각이 차이 나서 놀란 적이 있다.

아버지는 '절에는 보통 사람도 오게 만드는 뭔가가 있어야 된다'고 생각해, 사람을 끌어올 아이디어를 적극적으로 냈다. 한편 내가 다닌 도장의 스승은 '절은 어디까지나 승려의 수행장'이므로 '수행만 할 수 있으면 되는 것이다'라는 생각이었다.

어느 쪽의 생각도 틀리지 않았다. 각각 맞는 점이 있다. 같은 선사라 하더라도 180도 다른 방침이 있고, 어느 쪽이어도 좋은 것이다.

아버지와 스승님의 생각도 그 뿌리는 같다. 표면에 나타난 운영방침만 달랐던 것뿐이다.

어느 쪽이어도 좋다

사람이 백 명이 있으면 가치관도 백 가지가 있다. 본질만 벗어나지 않으면 지엽적인 부분은 어느 쪽이어도 좋은 것이다. 자기만 똑바로 하고 있으면 남한테 어떻게 보이는지는 크게 상관없다.

인간은 고독한 존재란 걸 알고 있으면 친구가 있어도 없어도 크게 상관없다. 타인의 평가로 인간의 가치가 정해지지 않는 것이므로 평가도 크게 상관없다.

'이래야만 하는 거다.'

'그렇게 하지 않으면 안 된다.'

이런 생각을 하는 것은 자기 자신이다.

어느 쪽이어도 좋다고, 쓸데없는 것을 생각하지 않게 되는 경지까지 도달하면 마음은 느긋해지고 자유로워진다.

사로잡힌 데가 없어 유연하게 되는 것이다.

꿈은 가져야만 하는가

'꿈을 가집시다.'

'비전이 없으면 잘될 수 없습니다.'

이런 말을 지겹도록 들어왔다. 하지만 비전 역시 있어도 없어도 어느 쪽이어도 좋은 것이다.

그런 것보다 눈앞에 있는 일을 열심히 해 가는 게 훨씬 중요하다.

일본의 정치가이며 사상가였던 야마오카 텟슈는 만년에 5048권이나 된다는 대장경을 필사하기 시작했다.

제자들은 깜짝 놀랐다. 그들은 그 어마어마한 경전 전집을 여생 동안 다 베껴 쓸 수 있을까 걱정했다.

제자 한 명이 말했다.

“선생님이 아무리 달필이셔도 지금부터 대장경을 필사하시면, 평생이 걸려도 끝낼 수 없을 거라 생각됩니다.”

텟슈는 “해서체로 다 쓴 다음엔 초서체로도 쓸까 생각해”라고 웃어넘기며 또 이렇게 말했다.

“지금의 한 장, 이 한 장에 모든 것을 다 담아서 쓴다네. 그것을 겹겹이 포개어 갈 뿐이야.”

5000권도 넘는 경전을 필사하다가 100권에서 끝냈다면 보통 사람은 ‘도중까지밖에 못 했어’라고 할지 모른다. 그러나 텟슈에게는 한 장 한 장이 시작이면서 끝이었던 것이다. ‘전부 다 쓰는 것이 목표가 아니라 대장경을 성심성의껏 마주하며 오늘의 한 장에 집중해 쌓아 가는 것’에 의미가 있었다.

‘꿈은 가져야만 하는 것’이라는 가치관이 만연해 있으니까 꿈이 없는 것이 나쁜 것처럼 생각된다. 게다가 꿈이라는 형태를 만들어 버리면 이루지 못했을 때 쓸데없는 괴로움이나 분노가 생겨난다. ‘반드시 달성하고 싶었는데’라며 아쉬워하고 슬퍼한다.

대상 수상자님!
앞으로는 어떤 쓰레기를
주우실 겁니까?
당신
발 밑에
있는 그
쓰레기요

꿈은 어디까지나 내면에서 하고 싶다고 솟아오르는 것이다. 그러므로 무리해서 열심히 찾는 것이 아니다.

그것보다 하루하루를 직시하고, 해야만 하는 것에 집중하는 나날을 포개어 겹쳐 가야 한다. 꿈은 있어도 좋고 없어도 좋은 것이다.

뿌리가 있으면 꽃은 핀다

꿈을 가지는 것보다 중요한 것은 매일매일을 어떻게 보내는가와 어떻게 사는지 인지하는 것이다. 사는 법을 알고 있으면 강한 의사나 신념이 나타난다.

그런데 일반적으로 학교에서는 '인생이란 무엇인가', '사람은 어떻게 살아가야 하는가'를 생각할 시간이 별로 없다.

대학 졸업까지 국어나 수학, 영어 등 지식을 가르치는 일이 교육의 기본이라고 여기고, 시험에서 높은 점수를 받으려고 공부한다. 이런 공부 기술은 그것대로 필요하다. 작은 암산 정도는 할 수 있는 편이 물건을 살 때 편리하고 영어를 할 수 있으면 소통의 즐거움이 늘어난다. 컴퓨터는 사용할 줄 아는 편이 압도적으로 편리하다.

다만 '무엇을 위해 살며, 무엇을 위해 공부하고 있는가'라고 하는 인간의 뿌리를 생각하지 않으면, 꿈을 갖고 그것을 향해 노력하다가 실패했을 때 모든 것을 다 잃은 듯한 기분이 될지도 모른다.

뿌리가 없는 인간은 잘린 꽃과 같다.

뿌리가 없으면 수험에 실패하고, 사업이 안 되고, 좋아하는 상대에게 차였을 때 '난 틀려먹었어', '살 가치가 없어' 하며 전면적인 부정을 하고 만다. 잘린 꽃처럼 한 번 지면 그걸로 끝이라서 그렇다.

슬프게도 뿌리 없이 잘린 꽃과 같은 사원이 모여 있는 회사가 있다. 지금 이 시간만 꽃을 피울 수 있으면 우선 눈앞의 일은 잘돼 보이기 때문이다. 그런 회사는 만약 사원이 시들어 버리면 피어 있는 다른 꽃을 잘라 온다. 당분간 회사를 운영해 가는 데는 그것으로 좋을지 모르지만, 5년 뒤, 10년 뒤, 30년 뒤까지 지속하기는 불가능하다.

자기의 인생을 살아가는 것은 자기다. 쓰러졌을 때 스스로 다시 일어나지 않으면 안 된다.

예를 들어 뿌리를 확실히 뻗고 있으면 지금이 아니더라도 미래에 꽃을 맺을 수 있을 것이고 한번 쓰러지더라도 한층 성장해 더 커다란 꽃을 피울 수 있을 것이다.

지금 있는 장소에서 확실히 뿌리를 뻗어 지식이나 기술뿐 아니라, 사는 법을 배우자. '저력'이 자라나 강인하게 살아갈 수 있을 것이다.

마음의 매듭

과거의 싫은 일은 잊는 게 좋다고 머리로는 알고 있어도 도저히 잊지 못하는 사람들이 있다.

어릴 적에 부모로부터 받은 학대, 학생 시절에 당한 왕따, 옛 연인으로부터 받은 폭력, 감수성 예민한 시기에 있었던 성적인 폭력 등은 워낙 충격적인 일이라서 잊고 싶어도 마음이 거기에 엉켜 버린다.

"과거에 일어난 싫은 일은 결국 잊히니까, 지금만 보세요" 라고 말하는 것은 간단하지만, 역시 무책임한 말이다. 머리로는 어떻게 잊은 것 같은데 몸이 기억하고 있다.

머리의 기억과 몸의 기억

예를 들어 어린 시절, 한번 자전거를 배우면 커서도 쭉 탈 수 있게 된다. '타는 법을 모르게 되었다'는 일은 좀처럼 일어나지 않는다. 몸이 기억하기 때문이다.

머릿속에 떠오르는 것은 잘 잊을 수 있다. 그런데 몸에 스며든 기억은 좋은 일이든 나쁜 일이든 어느 날 갑자기, 어떤 계기로 다시 떠올라 몸이 반응해 버린다.

대단히 어려운 문제지만, 자신이 콘트롤할 방법을 찾아 그 문제와 사귀어 가는 수밖에 없을 때도 있다. 궁극적으로는 그 기억도 떠오르든 안 떠오르든 상관없다. 이미 일어난 일에 대해 '거기에 있던 내가 잘못이다'라고 자신을 책망해야 할까? 당연한 것이지만, 그것이 피해자의 잘못일 수 없다. 최종적으로 용서받지 못한 죄를 저지른 것은 다른 사람이기 때문이다.

악행이란 선행이란

현대에서는 사회적으로 죄를 저지르면 잡혀서 형무소에 간다. 그리고 정해진 기간을 형무소에서 보내고 나서 '죗값을 치렀다'며 출소한다. 잘 생각해 보면 이것은 단순히 형무소 안에 있었다는 것뿐이지, 눈에 보이지 않는 죄 자체를 없앤 것은 아니다.

또 죄를 '마이너스(-)'라고 여기고, 남에게 잘해 주거나 선행을 하면 그것은 '플러스(+)'니까 죄가 0이 된다고 생각하는 사람도 있다. 사실 비교적 가벼운 범죄는 봉사활동으로 상쇄해 주는 제도도 있다.

그러나 궁극적으로 모양이 없는 죄를 다른 무언가로 메우는 일은 할 수 없다.

그럼 어떻게 해야 피해자를 구원할 수 있는 걸까?

어째서 그런 일이 일어난 건지, 어째서 피할 수 없었던 건지, 왜 그 사람은 나에게 그런 일을 했던 건지, 나의 무엇이 잘못이었는지…… 아무리 생각해도 일어난 일이나 피해자가 받은 고통은 바꿀 수 없다.

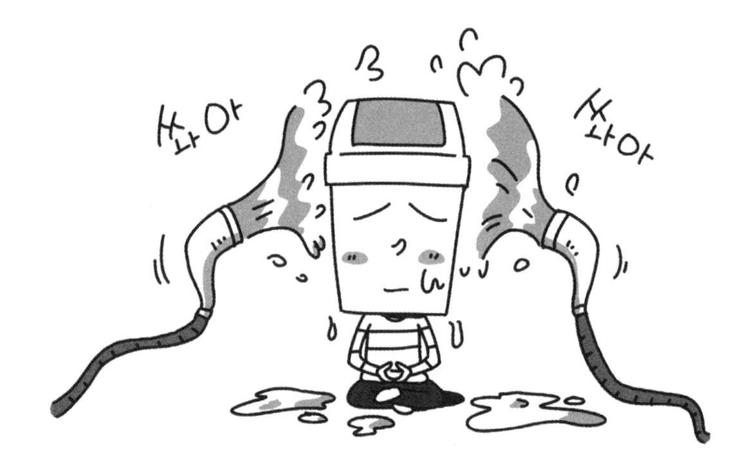

더러운 것은 쓰레기통이 아니니라...

'왜, 어째서'라고 원인을 찾으면 보통은 '상대의 잘못'으로 결론이 난다. 그러나 '저 인간 때문에'라고 생각하면 계속 잊지 못하고 언제까지나 헤어나지 못한다.

누구의 탓인지 따지기보다 이미 일어난 일을 어떻게 받아들이고, 어떻게 자기 자신을 구할 수 있을지 생각의 방향을 바꾸는 길밖에 없다.

그 일이 일어났던 마음의 자리는 이미 비어 버렸다라고 생각하면 용서하지 않아도 되므로 마음에 한번 '매듭'을 짓고 잊어버려야 한다. 말처럼 간단한 일이 아님은 잘 알고 있지만, 내 입장에서는 다음의 말을 하고 싶다.

전화위복.

불교에서는 이렇게 생각한다.

'마음은 결코 더러워지지 않는다.'

우리의 존재가 남에 의해 더러워지는 일은 없다.

지금 꺼내서 보여줄 수 있는 죄가 없다면 결국 공허하게 비어 있는 것이다. 여기까지 생각이 미치면 마음을 찌르고 있는 가시와 같은 의식을 없애고 잊어갈 수 있게 된다.

마음을 정리할 수 있어지면, 그 후는 시간이 조금씩 해결한다.

뭔가 즐거운 것을 찾아 마음의 방향성과 에너지를 '지금'으로 조금씩 돌려 가자. 과거보다도 지금을 보는 비율을 늘려 가는 것이다. 분노가 있다면 그 에너지를 가지고 조금 더 현실을 보면 좋겠다. 상대적으로 묵은 분노를 잊을 수 있게 된다.

일어난 일은 없어지지 않는다. 그 일을 어떻게 해도 잊을 수 없다면 그 에너지의 방향을 돌릴 방법을 생각해야만 한다. 전화위복이다.

괴로움이나 슬픔을 무리해서 억누를 필요는 없다. 공격의 화살만 조금 돌리는 것이다.

반대로 그 정도 깊은 마음의 상처를 받았다는 것은 커다란 깨달음을 얻었을 가능성도 있음을 뜻한다. '큰 의심은 큰 깨달음의 시작'이라고 하듯이 때로는 자기 자신과 상대를 다르게 생각해 보고, 또 '이제는 어떻게 하면 될까'라는 의문을 품고 생각해 가면 언젠가는 큰 깨달음을 얻을 수 있다.

'잊는 힘'으로 유연하게 산다

나는 안면홍조증이 있어서 초중학교 시절에는 사람들 앞에서 이야기하리라고는 상상도 할 수 없었다. 모두의 앞에서서, 많은 시선이 나를 향해 쏟아지는 것을 생각하면 얼굴이 빨개져 어쩔 줄 몰랐다.

지금은 강연할 기회가 많아졌지만, 강연을 좋아하느냐고 묻는다면 별로 좋아하지 않는 편이다. '좋아하지 않는다'는 것은 그다지 잘하지 못한다는 뜻이다.

젊을 때는 뭔가 도움이 되는 걸 얘기하자고 생각해서 책에서 외운 걸 전하려고 한 적도 있다. 그러다가 나도 무엇을 이야기하는지 몰라 패닉 상태가 되었다. 또 단상에서 조금이라도 재미없어 하는 얼굴이나 잠든 얼굴이 보이면 초조한 기분이 들었다. 그게 이전의 나였다.

지금은 사람 앞에 설 때, 별로 상대를 의식하지 않는다. 경험을 쌓은 덕분이기도 하고 내 이야기만 하기 때문이다. 내 이야기를 하는 만큼은 패닉이 될 일이 절대로 없다. 청중이 이해해 주지 않아도 할 수 없는 일이니까.

꽃이 피는 것을 보고 깨닫는 사람이 있고, 돌이 대나무에 닿는 소리를 듣고 깨닫는 사람도 있다.

감각은 사람마다 다른 것이니까 남들이 어떻게 생각하든 상관없다. 타인의 눈을 너무 의식하는 것은 안타까운 일이다. 청중이 들어줘도 좋고 들어주지 않아도, 혹은 자고 있어도 괜찮다. 어느 쪽도 좋다.

그렇게 생각하니까 차분하게 이야기할 수 있게 되었다.

남 앞에서 이야기할 때 '남들이 나를 어떻게 볼까'보다 본래의 내가 누구인지 파악해서 나 자신을 인식하고 이야기하면 된다는 것을 깨달은 것이다.

그러려면 자기 자신을 똑바로 쳐다보는 시간을 만들고 자신을 생각해 볼 필요가 있다. 그런데 자신을 끝까지 파고 들어가 생각하다 보면 궁극에는 '나'라는 것은 없어져 버린다. 어떻게 된 것일까?

나답다는 것은 무엇인가

'나라는 것은 무엇일까?'

'나답다는 것은 무엇일까?'

'내가 마음에 두고 있는 것은 무엇일까?'

이런 식으로 생각을 확장해 가면 '나'라는 것은 '이미지로 만들어진 것이고', '뭔가를 소유하고 있는 것도 아니며', '남의 눈에 보여지는 것'이라는 것을 깨닫게 된다.

우리는 자기를 직접 볼 수 없다. 거울에 비친 것을 평면적으로 보는 것에 불과하다.

즉, 내가 어떤 사람인가는 내 상상과 타인이 그린 이미지로 만들어지는 것이다. 그리고 아무리 이미지를 만들어 늘어

놓아도 그것은 나의 모든 것이 아니다. 확고한 '나'라는 것은 없다.

진짜 나는 어디에

한 사람의 역량은 말에서 드러난다. 볼 줄 아는 사람이 보면 보이고, 들을 수 있는 사람이 들으면 들린다. 영화감독은 배우의 역량을 알아보고, 편집자는 저자의 필력을 파악하며, 검도 사부는 맨손만 휘둘러도 역량을 알아본다.

나는 짧은 문답과 청소하는 자세, 식사법으로 수행의 깊이를 헤아릴 수 있다.

본래의 '나'란 이렇듯 상대에게 전해지는 것이다. 그래서 자기가 먼저 자신을 바라보고 사물의 본질을 파악하고 나면 형식뿐이 아닌 진정성 있는 말을 할 수 있게 된다.

앞에서 말한 야마오카 텟슈는 유명한 만담가에게 이런 말을 했다.

"요즘 예능인들은 남들이 추켜세워 주면 금방 명인인 체하지. 하지만 예능이란 어디까지나 자기 자신을 만족시켜야 해. 그것이 진짜 명인이지."

남들로부터 평가받았다고 해서 일류가 되는 것이 아니다. 본래의 나는 남의 평가가 아니라 내 안에 있다. 그것을 알고 닦아 가면, 남에게 휘둘릴 일도, 남에게 잘 보이려는 시도도, 자기가 자기를 잘못 보는 오해도 사라지지 않을까?

지금 여기에

인간은 항상 과거의 실패나 괴로움에 얽매이고, 또 자기가 바라는 미래, 아직 일어나지 않은 장래에 대한 공상에 집착한다.

'그때, 이 길을 고르지 않았다면 지금 이렇게 안 됐을 텐데.'

'이 일을 해내면 인정받겠지.'

'결혼하면 더 행복해지는 거야.'

그러나 과거는 이미 끝난 일이고, 미래를 상상하느라 바쁘면 지금에 소홀해진다.

아무리 계획을 세워도 지금 현실에서 해야 할 것을 제대로 마주하고 있지 않다면 잘돼 갈 리가 없다.

지금까지 말했듯이, 정말 중요한 것은 '지금', '여기'다.

공상할 시간에 그냥 몸을 움직이는 게 낫다. 수험생이라면 공부해라. 성과를 내고 싶으면 지금 맡은 일에 최선을 다하라. 결혼하고 싶다면 이성이 있는 장소에 가라.

다른 것을 생각하고 도망치면 누군가가 대신해 주는 그런 것은 없다. 그런 생각은 잊어버리고 현재를 바라보며 자신이 어떤 상태에 있는지 똑바로 아는 것이 중요하다.

그리고 과거에도 미래에도 사로잡히지 말고 늘 마음을 의식해 눈앞에 있는 현실에 유연하게 대응해 가는 것이다.

몸이 유연해야 덜 다친다. 마찬가지로 마음도 유연해야 상처를 덜 입는다. 자존심이나 고집, 괴로움, 과거에 집착하고 있으면 마음이 계속 엉겨 붙어 딱딱하게 굳고 만다.

불안이 틈을 노리지 못하게 지금에 집중해서 살아가려면 불필요한 것은 잊어야 한다.

나중에
더러워 질 것을
걱정하면
쓰레기통이
아니지~!

언제나 나를 누르고 있는 '무거운 마음의 짐'은 없는지.

'과거의 감정'에 아직 집착하고 있지는 않은지.

'있는 그대로'의 지금을 보고 있는지.

혼자, 조용히 앉아서 자신을 바라보면 이제까지 보지 못한 감정이나 쭉 붙잡아 온 기억, 후회, 미움, 슬픔 들을 알게 된다.

누구라도 마음속에 들러붙어 있는 것들이 있다.

괴로운 기억으로 남은 실패, 상처만 받은 연애, 용서할 수 없는 사건, 소중한 사람의 죽음 등 몇 번이나 마주 대하고 타협해 보려 했는데도 지금까지 떠오르는 것들이다.

혹은 선입견이나 성공 경험, 지위나 명예, 재산 등에 묶여 있는지도 모른다.

'지금', '여기'를 사는 것과 관계없고 쓸데없는 것들은 놓아 버리자.

잊자.

설령 용서할 수 없는 일이어도 용서할 수 없는 채로 잊어 버리자.

잊음으로써 엉겨 붙어 있던 마음의 더러움과 찌든 때, 각질이 벗겨져 나가고 본래 자신의 광채가 늘어나, 나날이 충실히 빛나는 당신으로 살아갈 수 있다.